# Zintzoen saldoan

**Jon Alonso** | (Iruñea, 1958). Biologian lizentziaduna, euskara irakaslea izandakoa, gaur egun itzultzailea da. 1995ean Mikel Zarate saria jaso zuen *Idiaren eraman handia* saiakeragatik. 2001ean, aurreneko Juan Zelaia saria irabazi zuen *Agur, Darwin (eta beste arkeologia batzuk)* lanarekin. 1995ean argitaratu zuen lehen nobela, *Katebegi galdua*, eta 1998an nobela eta saiakera artean dagoen *Camembert helburu* lana. Ondoren, *Euskal karma* rapsodia, *Hodei berdeak* eleberria eta *Erretzaileen eremua* ipuin liburua argitaratu ditu, besteak beste. Itzulpengintzan ere aritua da; berak euskaratu zuen Jose Samaragoren *Lisboako setioaren historia* edo eta Julio Cortazarren zenbait ipuin *Julio Cortazar: Antologia apetatsua*.

Jon Alonso

# Zintzoen saldoan

TXALAPARTA

LEHENENGO EDIZIOA
Tafalla, 2012ko azaroa



EDITORIAL TXALAPARTA E.M.L.
San Isidro, 35-1A
78. Posta kutxa
31300 Tafalla NAFARROA
Tel. 948 70 39 34
Fax 948 70 40 72
txalaparta@txalaparta.com
www.txalaparta.com

ISBN
978-84-15313-42-7
LEGE GORDAILUA
NA. 2.025-2012

AZALA ETA BILDUMAREN DISEINUA
Esteban Montorio

MAKETAZIOA
Monti

INPRIMAKETA
RGM
Igeltzera poligonoa, 1 bis, A1 pab.
48610 Urduliz - Bizkaia

DEMAGUN: FLORINDA ETA BIOK modako jatetxe batera joan ginenekoa. Florinda adiskidea dela esan liteke, baina lankidea gehiago.

Menu luzea –garestia, alegia– eskatu genuen. Garestia? Ez, garestiagoa, garestiena.

Areto-buruak gaztigatu zigun: Kepa Pedrotegi sukaldariak ez du bazkaltzen ematen, soilik: bizipen, sentsazio bat sortu nahi du bazkari bakoitzarekin. Alegia, tripa betetzeaz haraindikoa zen haren jarduna. Sentsazio bat sortu. Asmo artistikoa, inondik ere.

Somelierra hurreratu zitzaigun. Neska asiatiko bat. Ni, nire inozoan, erdaraz, jakina:

—Edan genezake ardo kopa diferente bat plater edo plater multzo bakoitzarekin? Aholkurik bai?

Jakaren hegalean eroritako uso-zirina banintz bezala begiratu zidan.

—Ez dugu ezer gomendatzen. Edatea libre da.

Errioxako ondu arruntenetako bat eskatu nuen. Orduan Florinda zorriak kentzen ariko balitzait bezala egin zidan so asiatikoak.

Tokitan daude euskal sukaldariek langile-bikote xume bat eta handi-mandi bat berdin hartzen zituzten garaiak, arraioa.

Geroxeago, ondoan bost ingeles jarri zitzaizkigun. Gazte samarrak, beren enpresak Donostiara bidalitakoak, hain segur. Haiek ez zuten beren patrikatik ordaintzen.

Denari emanda ari ziren, kartako botilarik garestienetako batzuk eskatuz (baziren 6.000 eurokoak, ardoetan; are garestiagoak xanpainetan). Asiatikoak jario-arrasto bat uzten zuen, ingelesen mahaira hurbiltzen zen bakoitzean, karakolak bezala, tortolatik zerionarekin.

—Ikusten? –nik Florindari.

—Zer nahi duzu. Merkatuko sukaldaritzarekin hasi ziren, eta *merkatuei* jaten ematen bukatu.

—Eta edaten. Batez ere edaten.

Florindak angurriaz egindako *carpaccio* sorpresa bat dastatu zuen, interes handiz.

—Zer da hau?

Angurria zela geroxeago jakin genuen, sentipen-sortzailearen mezulariari galdetuta.

—A!

Gutizien platertxoak bata bestearen atzetik zetozen, batzuetan nahi baino itxaronaldi luzeagoaren ondoren. Gauza batzuk aski onak iruditu zitzaizkidan, baten bat jenialtasunaren mugan; beste batzuk, arruntak.

—Bakailao kokotxa hori, salda horretan, hori neronek egingo nuke, hau bezain goxo edo goxoago. Bost lerroko izena asmatzen, horretan lanak. Eskasagoa, ni.

—Zuk goxoago egin? Nahi bai.

—Hurrengoan etorri etxera afaltzera, eta ikusiko duzu.

—Ondo da. Zergatik ez.

Asiatikoaren jarrera ez zen mudatzen. Harentzat, jangela zikintzera joandako bi muki, bi txikle zanpatu baino ez ginen. Azken platerekin ari ginen. Botila erdi bat eskatu nahi genion gure Errioxa merketik –«merketik», etxe hartan, hitz egiteko modu bat zen–, eta somelierrak kasu zipitzik ere ez.

—Badakizu txistea, ezta? Gizona jatetxean sartzen da, eta zerbitzariari galdetzen, «gaur zerbait goxoa jan nahi dut, zer gomendatuko didazu?» Eta zerbitzariak: «Beste jatetxe batera joateko».

—Oso zaharra da, Enekoitz.

—Egia. Hala ere, umoreari eusten saiatzen ari naiz, nekez bada nekez. Ez al du esaten areto-buruak, marikoi horrek, haiek, menuaren bidez, sentsazio bat sortu nahi dutela bezeroaren barnean? Baita lortu ere, alajaina! Niri sortu didaten sentsazioa amorrua da, amorru bizia.

—«Marikoi horrek»? Amorrua ez dakit, baina barruan daukazun txarrena aterarazi dizu, hori egia da.

Zigala-buztan eder, izugarri bat txerri-pata batekin nahastuta ekarri zigutenean, bukaera aldera, eztanda egin nuen.

—Zigala gaixoa! Utikan!

Behingoagatik Florindak arrazoia eman zidan, bere gisara.

—Txerri-pata dohakabea!

Ordurako ikusi behar genuen guztia ikusita genuen. Ordaintzea falta. Asiatikoak jada ez zigun begiratzen. Ingelesekin ziharduen, tortolatik ping-pongezko pilota-jaurtiketan hasiko zela zirudiela.

Biribilduz, 500 euro. Eskerrak gastuetarako kaja ipinita ari ginen, Florinda, Toni, Martiartu, Andrea eta bostok.

—A zer sentsazioa... Ez didazu ikusten tonto aurpegia?

Baina Florinda lanean ari zen.

—Zer iruditzen?

—Zeozer egin liteke. Asiatikoari jugularra ebakita bada, hobe.

—Arrazista halakoa!

—Arrazista? Hura bai!

Gipuzkoa osoa Donostiako aldiria dela esatea gehiegikeria nabarmena bada ere, Kepa Pedrotegiren jatetxea hiriburutik gertu baitzegoen, marko alderaezinera joan ginen Florinda eta biok, maskorraz daukagun pertzepzioa gorabehera.

Gauean Andreak utzitako pisu batera joan ginen. Bera ez ei zen han bizi. Florinda aski beltzarana zen, eta a ze bi pepino. Baina banekien ez nuela zereginik, baldintza horietan behintzat.

—Profesionala izan beharra dago –pentsamendua irakurri izan balit bezala.

Bi panpinak bezala egin genuen lo.

Hurrengo egunean, gure harridura, periodikoa hartutakoan: Kepa Pedrotegi hilik topatu zuten, bere jatetxeko sukalde espazialean, gauez, tipula-ganibeta soingurutzearen erdian sartuta.

Atxilotu egin ninduten, jakina.

Alegia, bi aldiz egon naiz kartzelan, beste bitan atxilotuta eta sartzeko puntuan. Poliziari erraza izango zitzaion jatetxeko afaltiarrak identifikatzea, eta aurrekariak eduki eta guztiz fitxatuta dagoen bat topatzean, a ze poza, haiena, uste izatekoa da. Krimena gertatu eta hogeita lau ordutan susmagarria atxilotu, to eraginkortasuna.

—*¿Enekoitz Ramírez? ¿Enekoitz Ramírez Goikoetxea* Lanbas?

Ezizena ere ezagutzen zuten. Bai, ni nintzen.

Bi ziren. Batek masaileko bat eman zidan, zertan ez zegoela.

—Kaguendios! Zer dugu ba? Ostia!

Beste bat emateko imintzioa egin zuen. Bigarren morroiak galarazi zion.

—*No te manches las manos con esta escoria.*

Bost lagun ginela, esan zidaten: Florinda, Toni, Martiartu, Andrea eta bostok. Azken boladan jatetxeetan emandako *paloak* gureak zirela.

Dena ukatu nuen, noski.

Argazki batzuk erakutsi zizkidaten. Salatuko nituen ikusi izan banitu? Agian, presiopean... Baina ez zeuden. Nire sozioez, gainera, ez nekizkien haien egiazko izenak, ez nortzuk ziren, ez non bizi ziren, garrantzi gabeko zertzelada batzuez aparte.

—Hori baino ez baduzu esateko, barrura zoaz.

—Ez da lehen aldia izango –ez zen pozik nengoela, ez horixe. Baina, zer egingo.

Abokatua ipini zidaten, Florindak eta besteek.

—Torturatu egin zaituztela esan dezakegu. Torturatu zaituzte?

—Aspaldi, urte asko direla, lehen aldiz harrapatu nindutenean, torturatu ninduten –esan nuen, eman zidaten ostia-piloa ez daukadalako ahazteko, denbora luzea igaro bada ere–. Orain zaplazteko batzuk, besterik ez.

Abokatuak kondizionala lortu zidan, harrigarriro.

—Gauza batek egin du zure alde: barruan zeundenean izan dela *palorik* handiena.

Ez nekien ezer.

—Kosta aldeko jatetxe batean sartu dira, Arrantzamendin. Jo-ta dena txiki-txiki eginda utzi dute.

Abokatuak Bilbao zuen deitura.

—Balbino Bilbao Ventura. Batzuek Balbino Bilbao esaten didate; beste batzuek, Bilbao Ventura. Bilbao esanda ez da aski, nahasgarria da.

Atera ninduen *talegotik*. Lagunek ordainduko zuten fidantza, denon fondotik, nik uste. Baina seriotasun-detaile bat zen, zertarako uka.

Bizitzen jarri nintzen, nire etxean, Etxauri azpiko herrixka batean, klimarengatik aukeratu nuen. Ez da oso toki ezaguna, eta hobe. Munduan dago, baina aparte egiten da pixka bat.

Han egoteak on egiten dio nire alderdi kontenplatibo eta gogoetatsuari. Kultura bizitzaren ankerkeriaren aurkako leungarri guztiz dezepzionagarria dela egia bada ere, ezin izan naiz bere eraginetik askatu, benetan hobea edo jakintsuagoa egiten nauela sinetsiko banu bezala, ideia hori ez den arren, berez, lorratz humanista zahar baten azken hondarra baino, ebidentziak alde guztietatik gainditzen duena; baina garai batekoongan –eta are gure gurasoengan ere!– hain errotua, hor ibiltzen garela ni bezala, esaterako Argensola anaien poesiarekin gogoetaka –ez da urdina, ezta zerua ere–, aspaldi batean, edo Marc Augerren ezlekuaren teoriak gora eta behera, oraintsu.

Nire alde esan beharko nuke, kulturaren keriatik askatu ez banaiz ere, ezin askatze horren mendeku gisa edo, serioski ari naizela pentsatzen komunean, komun-zuloaren ondoan, apalategi –bi aldiz apalategi, kasu honetan– eta aldizkari-altzari bat ipintzeko aukera, kultura-jarduera, batez ere letra larriz idazten dena, edo kultura-jarduera oso-osorik ez bada irakurketa bederen, behar den mailan egon dadin, hau da, gaur egungo gizon-emakumearen bizitzan benetan betetzen duen mailan (komuna lasai irakurtzeko geratzen den toki bakarretakoa dela ahaztu gabe).

Gainera, honek, begi-bistako onurez gain, ezusteko abantailak ere baditu: Auger honek lekuez eta, batez ere, ezlekuez esaten duena erabat ongi konprenitzea zaila bazait ere, eta lekuaren eta ezlekuaren arteko muga non dagoen eta zeren arabera jartzen den zaila badirudi ere, komunean irakurtzeak komunak lekua behar duela ongi endelegatzeko balio izan dit. Norberaren eginkarien urrin ezaguna lekuko.

Etxaurin nengoenetik ez zen hainbeste denbora pasatu izan Florinda agertu zen arte. Nik esan behar banu, pepinoak hazi zitzaizkion itzalean igaro nuen denbora laburrean.

Ni ordurako onenak emanda nengoen, baina obus horiek, hogeita hamar urteko gazte baten gorputz horretan... hilik beharko nukeen irrintzirik ez egiteko. Piropo zakar batzuk bota nizkion, aldamioan daudenek bota ohi dituztenetakoak. Ezer inportako ez balitzait bezala, eta beharbada hala zen une hartan.

—Aldamiotik ez dizutela horrelakorik esaten? Bai krisi gogorra, eraikuntzan!

Norberak amets egiten du, zer topatuko sostenaren azken itxiturak saltatzen duenean, baina horrek aurreikuspen guztiak gainditu zituen.

—Ostia!

Zer besterik esan bi meloi bete eta obszenoki estrabiko horien, bi titi-punta beltz, zabal eta dilindari horien aurrean.

Gizon guztiak nazkagarriak gara, bai.

Florinda antzerki kalkulatuaz mugitzen zen, ematen ari zen opariaren jakitun. Luma-abanikoa zabaltzen ari den pauma zirudien, eta bere luma bakoitza zakila lehertzeraino puzten zidan odol-tanta zen. Koreografia hain zen primarioki lizuna, *nahita* hain primarioa, benetan lehertuko nintzela uste bainuen, dagoeneko leherkariz eskas ibilita ere.

—Ufa!

Koartadarik gabeko gizon guztien ametsa: ordainduta balitz bezala, baina debalde.

Egoten zekiela, alegia. Michelinen hiru izarreko batean bezala, alproja baten logelan.

Nahi duzuena esango duzue, baina halako esperientziek egiten dute mundua bizigarri. Urteetara gogoratzeko, batez ere.

—Hogei urte lehenago harrapatu izan bazintut!

Florinda zigarro bat pizten ari zen, ezaxola.

—Kepa Pedrotegiren hilketaren susmagarria zara. Zer kontatu diezu txakurrei?

—Aukeran asiatikoa estrangulatu egingo nukeela nire eskuez, besterik ez.

—Oraindik ere!?

—Arrazista deitu aurretik: portatu zen bezala portatu zelako estrangulatuko nuke, ez asiatikoa delako.

—Eta nola utzi zaituzte aske?

—Zuek kostako jatetxe hura ongi izorratuta utzi zenutelako, antza denez, ni barruan nengoen artean.

Florindak ez omen zekien zertaz ari nintzen, edo horren plantak egin zituen.

—Arrantzamendi, diozu? Non dagoen ere, ideiarik ez.

—Ez zirudien Florinda oso interesatua zegoenik. Bestelako kontuak zeuzkan buruan.

—Zergatik deitzen dizute Lanbas?

—Kontu zahar bat da. Ahaztu egin dut, zaharraren zaharrez.

Florindak, etorri bezala, alde egin zuen. Aste pare bat pasatu ziren. Iruñera joan nintzen, erosketa batzuk egitera. Bi morroi jarri zitzaizkidan alde banatan, Eroskiko atean.

*—¡Hola, Ramiro! No te importa que te llame Ramiro, ¿no?*

*—Enekoitz Ramírez.*

*—Es que con ese nombre, ni masticando chapas, tío.*

Horrelakoetan, diskutitzea alferrik izaten da.

*—Ven con nosotros.*

Eroskiko aparkaleku zabalean bibotedun bat zegoen.

*—Te vas a comer lo del cocinero.*

Betiko kontua. Asko ibilitako harria naiz halako goroldioa biltzeko.

*—Hombre, así, a primera vista, no suena mal.*

*—No te hagas el listo. Puede ser fatal para tus muelas.*

Biboteduna labur eta zehatz mintzatu zen.

*—¿Te gusta la merluza en salsa verde?*

Martiartu baitzen, nolabait esan, koordinatzailea, harekin jarri nintzen harremanetan.

—Eskerrik asko.

—Eskerrik asko? Zergatik?

—Abokatuari, Bilbao Ventura horri, ordaintzeagatik.

—Tira. Horrenbeste... Gainera, fondoa zegoen oraindik.

—Eta fidantza ordaintzeagatik.

—Horregatik ez eman eskerrik. Hori Bilbao Venturaren kontua izan zen. Horrenbesterako fondorik ez zegoen, gainera.

—Ummm...

Eskatu gabeko mesedea, *malo*.

—Gainerakoan, jatetxeetakoa, bukatu da.

—Jatetxeetakoa, bukatu da. Katxondo halakoa.

—Eta kosta ondoan txikitu zenuten hori?

—Arrantzamendi jatetxeko mobidaz ari zara? Oker zaude. Guk ez genuen zerikusirik izan.

Hara! Horrek esplikatzen zuen Florindaren erreakzioa, gaia atera nionean.

—... jatetxeetakoa bukatu da, beraz, baina lanerako gogoz bazaude, zerbait ari gara prestatzen errumaniar batzuekin

—Huraxe jende-modua!

—Nirekin tematzen ari dira. Edozein egunetan dauzkat txakurrak ondoan.

Martiartuk bereari.

—Altzuzako Museoko pieza bat eraman nahi dute: *Irten ezina. Nafarroa, labirintoa den aldetik*. Nork erosi badaukagu.

—Altzuzako Museoa!? Nafarroa!? Labirintoa!? Bai zera! Utikan!

Sanduzelaiko taberna erdipurdiko batean elkartzekoak ginen. Martiartuk sorbalda-harrotu arin bat egin zuen, haraino autoz etorri izanak edozertarako eskubidea emango balio bezala.

—Kondizionalean nago, gainera.

—Eutsi, moteil!

Popatik Martiartu.

—Eutsi!? Aski da!

—Zer nahi duk esatea? Seguru zaude *txukelak* zirela?

—Jesus! Egongo ez naiz ba!

Martiartu pentsakor zegoen, ez erabat konbentzituta, itxuraz.

Madarikatu nuen jende modu harekin lotu nintzen eguna.

—Zer nahi duzu, Pedrotegi nik hil nuela esatea, Martiartu delako batekin?

—Demostraixu ezetz.

Horixe esan zidan: «Demostraixu ezetz». Handia duk euskalkien mundua, gero. Popatik, putakumea.

—Non dago Florinda?

Martiartuk barre egin zuen, hondo ilun batetik zetorren barreaz.

Bilbao Venturak deitu zidan telefonoz. Zubiondon bazkalduko ote nuen berarekin, bere kontura. Baietz esan nion.

Eskatu gabeko mesedearen ordainaren bila etorriko zela pentsatu nuen. Ea, ba, zer bestela.

Abokatua beste batekin zetorren.

—Hau Fran Bildosola da.

Bostekoa eman genion elkarri. Bildosola buruhandi arradatu bat zen.

—Haragia nahi duzu?

Antxoa frijituak eta haragia eskatu genuen. Muga botila bat.

—Zure baitan galdezka ibiliko zara zergatik deitu dizudan.

Zubiondoko jabea erremonte-jokalaria izana da, erretratu polit bat dauka pareta batean. Hari begira jarrita, esan nion:

—Bilbao, gauzak argi: zer nahi duzu entzun, eskerrak ematen dizkizudala? Eskatu ez dudan mesedearengatik ez dut eskerrik ematen.

Bilbao Venturak barre egin zuen, ontasun egiazkoaz edo itxurazkoaz.

—Enekoitz... deitzen ahal dizut Enekoitz, ezta? Edo Lanbas nahiago?

—Deitu nahi duzun moduan.

Fidantzak ordaindu izanak horrenbesterako eskubidea ematen zion.

—Ni lana eskaintzera etorri naiz, Lanbas.

Txartel bat eskaini zidan, esatearekin batera. Bilbao Ventura, AAB, Bilbo.

—AAB?

—Arriaran Abokatuak Bilbo. Hiriko bufeterik inportanteenetakoa da. Haientzat lan egiten dut. Uria Menendezekoen lehiakide zuzenak. Bost solairu Urkixo Zumardian, espezialitate guztiak, hogeita hamar abokatu plantillan, harreman onak, maila gorenekoak.

Zertarako beharko ninduen ni halako bufete batek, izerdi hotza eragiten zidan pentsatze hutsak.

—Ezagutzen dut zure curriculuma. Interesatzen zait. Zure burua berrasmatzeko abilidadea daukazula erakusten du.

Antxoak oso goxo zeuden. Ez handiegiak, ez txikiegiak. Garbi-garbi, oso olio onarekin frijituta, eginegi baino lehenago sutatik aterata, produktu ezin hobeak merezi duen tentuz eta leuntasunez. Baratxuri xerra finek urreztatze-puntu justua zeukaten, piper min dosi justuak ukitu min oso arin baina hala ere bereizgarria ematen zien. Donostiakoen imitazio ia perfektua. Muga ardo hori patriarka bat zen: berea zen azken hitza, baina ezer inposatu gabe hitz egiten zuen, oihu edo kalapitarik gabe, arrazoi eta maitasun hutsez. Kopa hartu eta dranga edan nuen.

—Dasta onekoa, ardoa...

Ordura arte deus esan ez zuen Bildosolak baietz egin zuen buruaz, kopa altxatuz. Hurrup egin zuen, eta gero esan:

—Boteretsua, intentsua, oso bizia.

—Nire curriculumaz ari zara?

Barre egin zuten. Nik ez.

—ETAkide ohia, arte-faltsutzaile ohia, presidiarioa, jatetxe-lapurra... besteak beste. Ez dago batere gaizki.

—Utzidazu niri erabakitzen, nola dagoen.

Antxoarekin segitu nuen, bazkaltiarrei begiratu gabe, antxoa erdi bat hezurretik apartatuz, eskuz, eta ahoratuz.

—Zer nahi duzue, palo bat eman Oteiza Museoan, errumaniar batzuekin? *Nafarroa labirintoa den aldetik*; edo «arazoa den aldetik»; edo «madarikazioa den aldetik»; edo... Baina ez sekula «Estatu auzia denez politikoki finantzatua den aldetik», edo «Madrilek erosi duen kortijoa den aldetik».

Elkarri begiratu zioten, apur bat harrituta. Bildosolak barre egin zuen, berriz.

—«Bilbok ezin erosi izan duen kortijoa den aldetik», nahiago?

Barre gehiago. Orain nik ere bai, pixka bat, tentsioa arinduta, grazia egiten zidalako baino gehiago.

—Lanbas, umorista bat zara.

Nire purrustada arintze aldera edo.

—Jakina. *Talegoan* ere denek esaten zuten, «tipo hau umorista hutsa duk». Gure galeria, ikusi beharko zenukeen, hura katxondeo bat zen, etengabea.

—Galeria aipatu duzunez... Segitzen duzu arte-galeriarekin?

Dena zekiten niri buruz, antza. Galeriatik galeriara ibili naizela ere bai. Iruñeko katedraleko kaliza batzuk lapurtu genituen. Barrura joan ginen. Ateratzean, arte-galeria bat eduki nuen. Frantziar badaezpadako batzuekin lotu nintzen, orduan, galeria eduki nuen garaian, Toulouse-Lautrecen koadro bat faltsutzeko. Berriro barrura. Galeriatik galeriara ibili naizelakoa metafora bat baino zerbait gehiago da.

—Ez. Itxi egin nuen, garai hobeak iritsi arte. Arte-galeriena BEZik ordaindu nahi ez duten familia oneko alaba azeri, alargun, menopausiko eta astidunen kontu bihurtu da.

—Horrelakorik! Askoz hobe *granuja* profesionalen esku zegoenean, ezta?

—Duda egiten duzu, ala?

Ardo pixka bat ahoratu nuen, azken antxoa-mokaduaren lagun. Ardoa ere bukatzear zegoen. Bilbao

Venturak botila hutsa inarrosi zuen zerbitzaria pasatzean.

—Bon, gure bezero berezi batek lan berezia eskatu digu.

Lehen txuleta ekarri zuten, letxuga platerkada batekin. Txuletak itxura *madria* zuen.

—Zenbateraino berezia?

Balbino Bilbaok gatzontzia astindu zuen letxuga gainean.

—Kepa Pedrotegi.

—Berriro horrekin? Baldintzapeko askatasunean nago, txo. Zerorrek ordaindu duzu fidantza.

—Gure bezeroak ikerketa bat nahi du.

—Hor ibiliko dira, ba, Ertzaintza, nazionalak eta *ama putiaren* seme-alaba guztiak. Beste ikerketa bat? Ez al du nahikoa, ala?

—Gure bezero bereziak ikerketa berezia nahi du.

—Nor da bezero hori?

Balbino Bilbaok ez entzuna egin zuen.

—Demagun gure bezero bereziak iturri propioak nahi dituela, lehen eskuko informazioa.

—Eta nondik uste duzue ni iturri naizela, edo naitekeela?

—Bildosola –deitu zuen abokatuak, eta okela-zati bat ahoratu.

Bildosolak furtxetaz iltzatu berria zuen okela-zatia platerean pausatu zuen eta eztarria leundu, mintzatu aurretik.

—Albiriste taldeko kazetaria naiz, gastronomia sailaz arduratzen naiz, harreman onak ditut, mundu guztia ezagutzen dut.

Baritono ahotsa zeukan, egokia zitzaion gorpuzkera zilindrikoari. Ehun kilotik gora izango zen, aise.

—Oso interesgarria.

Nire tonua aski ironikoa zen, ez dut ukatuko.

—Ez duzu uste, ala? Demagun, Kepa Pedrotegiren kasuan. Zer dakizu hiltzeko erabili zuten armaz?

—Ezer ere ez.

—Santoku labana bat zen, Arcos markakoa, NITRUM® altzairu herdoilgaitz forjatuz egina, polioximetilenozko giderra eta 180 mm-ko ahoa zituena. Zer dakizu Santoku labanez?

Esan zuen moduan esanda, Chinook helikopteroak jostailu bat zirudien Santoku hilgarri baten ondoan.

—Ezer ez, puta ideiarik ere ez.

—*Santoku* hitzak, japonieraz, 'hiru bertute' esan nahi du; hiru bertute, labana klase honek dituen adina erabilera: okela, arraina eta barazkia maneiatzeko. Oreka handikoa da, eta aho zorrotza dauka. Albeoloduna da, eta albeoloei esker elikagaiak ez zaizkio itsasten labana-orriari. Punta zabalagoa du ohiko tipula-labanak baino, eta horrek, nolabait esan, halako aire *buruhandi* bat ematen dio. Arguiñanok telebistan askotan erabili izan du Santoku bat, horrek asko popularizatu du.

Buruhandi? Nolako buruhandi? Zu bezalakoa, Bildosola edo dena delako hori? Bestalde, bereziki lasaigarria zen labana albeolodun bat erabili izana, horrek ziurtatzen baitzuen ez zela zenduaren pusketarik erremintan geratuko. Hiltzaileak oso fina, oso higienikoa behar zuen.

—Labana bi omoplatoen artean tinkatua zen, gorenean, tente, zut. Gorpua barazkia xehatzeko mahai baten aurka bermatua zegoen, ahuspez.

—Pentsatu nuen *omo* eta *plato* hitzak aprobetxatzea sukaldari baten gorpuari buruzko txisteren bat egiteko, baina merkeegi iritzi nion.

—Krisia hasi denetik eskopeten salmentak eduki duen *repuntearekin,* eta labana erabili?

*Repuntea* esan nuen, nahita, eta ez *hazkundea, igoera* edo *errepuntea* ere. Diglosiak halako kapritxoak ditu.

Bildosolak modu esanguratsuan begiratu zion Bilbao Venturari.

—Hor dago koxka. Susmoa dugu hori *mise en scène* bat baino ez zela izan. Tira, sukalde kontuaz ari garela, eta ni gastronomiaz arduratzen den kazetaria naizenez, egokiago litzateke esatea *mise en place,* beharbada.

—Zertarako hainbeste lan?

Bigarren txuleta ekarri zuten. Bildosolak zati bat platereratu zuen, erantzuteko imintziorik egin gabe. Balbino Bilbaoren txanda zen, antza.

—Hori eta beste mila misterio dago heriotza horretan. Gure bezero bereziak horiexek deskubritu nahi ditu, eta ez du uste Ertzaintzak, edo Polizia Nazionalak, edo beste edozein poliziak denak deskubrituko dituztenik. Eta are gutxiago uste du –hau da, badaki *ezetz*– deskubrituz gero hari esango diotenik.

Poeta gazte batek bere adierazpen-aukerak noiz esploratuko zain dagoen hitz bikotea da *bezero berezi.*

—Halako *bezero berezi* asko daukazue?

—Tira. Dena pribatizatzen ari da, zergatik ez informazio-trafikoa ere?

Bizitza halakoa da. Norberak uste du zeozertarako kualitateak, abilezia edo erraztasuna daukala, eta laster ikasten du beti dagoela *berea* uste zuen horretan gehiago den beste norbait. Gertatzen da kirolean, erudizioan, jakintza teknikoen menderamenean. Bi dozena arrautza jateko kapaz naiz, ordu betean. Egon trankil, laster topatuko duzu ber denboran bi eta erdi jateko gauza dena. Jende horrengan usnatzen zen erabateko eskrupulu faltak nirea txiki utziko zuela susmatzen nuen.

Bigarren txuleta ere goxo zegoen. Apur bat gogorxeago, baina.

—Txuleta hau beste pieza batekoa dela esango nuke.

—Ondo, Ramirez, ondo. Elkar ulertzera irits gintezke -bota zuen Bildosolak–. Lekunberriko Epeletara eta Tolosako Julianera joango gara.

—Bai, nik ulertzen dut zure bezeroaren jakin-mina. Baina zertan lagunduko nioke nik?

Berriz mintzatu zen Bildosola.

—Balbinok esan nahi duena da ni, nire kontaktuekin, informazio-maila batera iristen ahal naizela; baina maila horretatik aurrera, nekez lortuko dudala besterik laguntzarik gabe. Eta, agian, zuk eman ahalko zenidakeela laguntza hori. Ekipo on bat osa genezakeela, alegia.

Abarkalarruok halakook! Ez zitzaizkidan eskatzen ari, bada, iturginarena egiteko haien alde? Morroiok burutik zeuden.

—*Redios*! Baldintzapean nago, eta ea Tolosara joango naizen babarrunak jatera? Kasik nahiago nire burua entregatzea komisarian!

—Poliziarekin arazorik edukiz gero, gure bufetea zure zerbitzura jarriko dut, zin degizut. Asistentzia legalik onena edukiko duzu –Balbino Bilbaok, serio orain–. Baina ez da beharrezkoa izango. Orain zintzoen artean zaude, onentzat lan egingo duzu.

Ez nion merezi zuen arreta eskaini, Tolosara joateko kontua neukan atxikia buruan.

—Egon, egon... –Bildosola zen–. Tolosara babarrunak jatera, nora eta euro batean ordainduko duen urteko ardo botila, hamabi eurotan kobratzen duen horren etxera? Ezta pentsatu ere. Nik Julianera esan dut.

—Profesional bat naiz, eta nik aukeratzen ditut nire lanak.

Ironiak biltzen zuen Balbino Bilbaoren irribarrea.

—Gaizki behar du profesioak, zu bezalako profesional bat jatetxeetan *paloak* ematen ibiltzeko.

Gerra honetako pasadizuak, nik kontatu al banitza, pentsatu nuen. Esan, aldiz, beste hau, oso serio.

—Nire kondizioak ditut.

Gibela harrizkoa, honezkero, nik.

—Baldintzak eztabaidatu eta adostuko ditugu.

Hura ere ez zen muslari makala.

Bildosola aiztoa pasatzen ari zitzaion bigarren txuletaren hezurrari, kuxidadez, zirujaugai bat balitz bezala, praktiketan. Honek hitz egin zuen.

—Has gaitezen. Inoiz arduratu zaitu Michelin izarren kontuak?

Kopa bete zidaten berriz. Bazirudien kontratatuta nengoela, edo kontratatutzat nindukatela.

—Ez

—Normala. Beste modu batera esanda: zuk uste duzu normala dela, oraintxe bertan gauden tokitik ez oso urrun, tortilla bokadilloak baizik ematen ez zituen errepide ondoko benta tristea sukaldari batek hartu, eta hiru urteren buruan Michelin izar bat lortzea?

Araua da, niretzat, galdera kapziosoei ez erantzutea, ez bada galderaren egilea gogoz zurratzen ari zaidala.

—Alegia: nola uste duzu lortzen dela Michelin izar bat?

—Ez dakit ba... Lapurtuta, igual?

—Profesional bat zara, inondik ere –Balbino Bilbaok, barrez. Auskalo, martxa horretan azkenerako adiskideak egingo ginen, benetan.

—Ez... –zioen Bildosolak, eraman handiz–. Ez da behar hainbeste neke hartzea. Pagatzea aski duzu.

—Logikoa.

Ez bide zitzaion nire erantzuna gustatu, eta eskua altxatu zuen, esan berriaz damututa:

—Kontuz: ez dut esan nahi denak ordainduta direla; eta «pagatzea» esaten dudanean, ez naiz ari esku-dirua banatzeaz, edo salerosketa iruzurti batez. Gauza sofistikatuagoa da.

—Zuk esango duzu.

—Ezagutu nuen Michelinen inspektore hogei urtez ibilitako gizon bat. Hark esaten zuen beldur zela gidek gaur nagusi diren merkataritzako ideiak praktikan ipiniko ote zituzten, giden independentzia eta seriotasuna kolokan jarriz.

—Eta horrek zer esan nahi du?

—Horrek esan nahi du, lehenengo eta behin, dagoeneko ideia horiek praktikan ipini dituztela.

—Eta ideiak horiek...

—Erraza da. Gida batek, Michelin, Gault-Millau, Repsol edo dena delakoak –pila bat baitago, gero eta gehiago–, jatetxez jatetxe eta hotelez hotel zelai-lana egiten duen ekipo bat dauka. Ekipo horrek eskualde bateko tokiak ezagutzen ditu, nolabaiteko kalitate-ikuskaritza bat egiten du... Informazio oso baliotsua biltzen du. Beste alde batetik, zer egiten du eskualdeko turismoaz arduratzen den administrazio batek, besteak beste? Informazio hori bera bildu, edo biltzen saiatu, edo biltzen duela itxuratu. Eta administrazio horrek erabakiko balu bere eskualdean lan egiten duen gida bateko ekipoaren zerbitzuak erostea? Gida egiten duen enpresak administrazioaren diru publikoak lortuko lituzke bere lanaren truke, eta irabaziak aise biderkatuko lituzke; administrazioak dirua aurreztuko luke sasi-pribatizazio horren bidez, eta, gainera, bere irizpideak ezartzeko txokoren bat ere bilatuko luke. Esaterako, bultzatu nahi dituen turismo-guneetan izar *express* batzuk lortuaraziz.

Ardo kopari sakada ederra egin zion.

—Eta hori posibilitateetako bat baizik ez da. Beste posibilitate bat, demagun, zerbitzu horiek berak ostalaritzan dabilen inbertsio talde bati saltzea izan daiteke, esaterako. Administrazioari saldu edo *lobby* bati saldu, ordea, emaitza beti berbera da: gidak galdu egiten du bere independentzia; eta, beraz, higatu egiten da bere sinesgarritasuna, erabat galtzeraino, ausaz, eroslearen interes ekonomikoen mendeko beste tresna bat baizik ez delako. Eta sinesgarritasunik gabeko gida bat ez da ezer.

—Eta zer moduz jaten da orain «oso gutxira arte tortilla *bokadilloak* baizik ematen ez zituen errepide ondoko benta triste» horretan?

—Ez, ez. Ez gaizki interpretatu nire hitzak. Ondo jaten da, ondo. Halako jokaldi bat egiten denean, profesional onak eta dirua ez ohi dira falta, beraz... Baina auzia ez da hori. Gaur egun Michelin gidari konpetentzia handiena egiten dion *Restaurant Magazine* aldizkaria multinazional batek eta ur mineral marka batek ordaintzen dute. Michelinek betiko espirituari eutsi nahi diola dio, baina...

—Hainbesterako al da izarra edukitzea, benetan?

—Turismo gastronomikoaren zirkuitu selektoetan sartzeko aukera ematen duen inbertsio bat da. Garai batean Michelinen ospea itzela zen. Michelin izarren zerrenda, lehen, sailkapen sasi-ofizial ia erabat onartua zen; orain konpetentzia handia dago, ez bakarrik jatetxeetan; jatetxeak sailkatzen dituzten gidaliburuen eta erakundeen artean ere bai. Orain makina bat gida, sari, sailkapen, biltzar, aldizkari eta erreferentzia daukazu. Michelin gidak olatuari aurre egiten dio: Espainiako Estatuan zeuzkan inspektoreak hirukoiztu egin ditu, bost urteko epean, lehian segitu ahal izateko. Alegia, gastuak hirukoiztu egin ditu. Gastuak biderkatu ahala, galdu egin du sinesgarritasuna, hainbaten begietan. Hau da, nondik ateratzen da dirua?

—Beraz, izarraren inbertsioa gaizki atera daiteke.

—Gaizki... Dena erlatiboa da. Bestalde, zer apustuk ez dauka gaizki ateratzeko probabilitate bat? Michelin izarrak ez du bere prestigio guztia galdu. Baina bai, gerta daiteke izar batek askotarako ez ematea. Zerikusirik ez orain hogei edo hogeita hamar urteko panoramarekin, hori seguru.

Beste ardo trago bat edan zuen.

—Bon, horixe esan nahi nuen «aski duzu pagatzea» esan dudanean.

—Eta hori ulertu dut nik, baita ere, «logikoa» erantzun dudanean. Baina zer iradoki nahi duzu, Pedrotegi izarren gorabeherengatik kasatu zutela?

—Ez. Adierazi nahi dudana da Pedrotegi eminentzia bat zela goi mailako sukaldaritzan, eta mundu hori ez dela interesik eta katramilarik gabea.

—Bestalde, Michelin izarren prestigio-galtzea dela-eta, inbertsioa ez bada errentagarria, zer egiten dute sukaldariek, edo jatetxeko jabeek?

—Zer komeni den... Zuk zer egingo zenuke?

—Ez dakit ba... Jatetxeetako komunak eskuila-kopuruaren arabera sailkatzen dituen gidaliburu bat?

—Ideia ona izan liteke. Norberaren ekonomia suspertzeko, ordea, hori baino neurri larriagoren bat beharko litzateke.

—Norberaren jatetxea erre, asegurua kobratzeko, igual?

Bilbao Ventura barrez lehertzen ari zen.

—Profesionala? Profesionala bakarrik ez, Fran; tipo hau fenomeno bat duk!

—Oso sortzailea, bai. Gaitasun handikoa, bere burua berrasmatzeko!

—Kafeak eta patxaranak?

—Postrerik gabe? Ez dugu aurretik kanutillorik jango, ala? Edo pantxinetarik?

Kanutilloak, kafeak eta patxaranak eskatu genituen.

—Ea ba. Hitz egin dezagun kondizioez.

Handik bi egunetara zita eginda nengoen Fran Bildosolarekin, Bilbon, goizeko hamaiketan. Zerbait ari zitzaidan burutik, hari solte bat bezala.

—Bilbao Venturak esan zidan lortu zuela ni fidantzarekin ateratzea Arrantzamendi jatetxea hankaz gora ipini zutelako ni barruan egon nintzenean.

—Horixe dio, bai.

—Lapurtu al zuten zerbait? Ez zait oso garbi geratu.

—Bai, antza, zerbait eraman omen zuten. Baina huskeriaren bat bide zen.

—Jakin da nork egin zuen hori?

—Ez, nik uste. Baina, izan zena izan zela, dena zisko eginda utzi omen zuen: generoa kameretatik kanpo, botilak apurtuta, mahaiak hankaz gora; txiza eta are kaka egin omen zuten bazterretan, sukaldeko tresnak apurtu zituzten... Mendekua edo norbaiten aurkako zigorra ematen zuen, diotenez.

Kantabriako Loja herrira gindoazen ordurako, horretarako jarri baikenuen zita.

—Negozioan sartzen joan behar duzu. Honek honela funtzionatzen du: Lojako herriak turismoa sustatu nahi du. Turismoaren sustapenak hainbeste alderdi, ertz, koska dauzka, noski. Normala denez, norberak bere puntu indartsuak nabarmendu eta azpimarratu behar ditu, eskasagoak direnak ezkutatzen edo ezereztatzen saiatuz. Hau dena bigarren hezkuntzako ikasle ez oso espabilatu bati okurrituko zitzaion, aise, beste garai batzuetan; baina orain turismo-teknikari kohorte batek prestatu behar du Lojako edo beste edozein herritako Turismoaren Plan Estrategikoa; bere aldetik, teknikari kohorte horrek marketineko adituen enpresa bateko morroi batzuen eskutik jaso du nolabaiteko prestakuntza, zeinean DAFO, *brainstorming* eta hori bezalako beste teknika batzuen funtzionamendua ikasi baitu; eta beren aldetik, marketineko enpresako adituak enpresa estatubatuar baten Europako dibisioak trebatu ditu. Bon, adituak prestatzen dituzten adituak prestatzen dituzten n-garren berreturaren adituen aholkuen ondorioz, hauxe proposatu diote Lojako –edo beste edozein herritako– alkateari: gure indargunea gastronomia da; bultza dezagun gastronomia, zeren, urteko, eta are udako eguzki-orduez hitz egiten hasten bagara, turismoa alde batera utzi eta euritakoen enpresak muntatzen hasi beharko baikenuke. Zein da Lojako gastronomiaren izarra? Lojako nekora. Are, Lojako nekora da Kantauriko kosta osoko nekorarik onena.

—Eta hori nork dio? Getariakoek, edo Zarauzkoek, edo Donostiakoek, edo Lekeitiokoek, edo Cudillerokoek eta San Ciprianekoek, hau da, euskaldunek, asturiarrek eta galegoek ez behintzat.

—Ez. Horiek ez. Hori notarioaren aurrean bildu zen aditu talde batek erabaki zuen.

—Jakina, adituak baziren...

—Oso adituak. Lojakoek, bertako LOTUPLEk (Lojako Turismoaren Plan Estrategikoa) dioenari kasu eginez, hainbat aditu bildu zituzten. Hauek Kantauri osoko nekora batzuk jan zituzten. Adituek Lojakoak zirela onenak erabaki zuten, eta notarioak horren fede eman zuen.

—Eta nola iritsi ziren adituak ondorio horretara?

—Zuri zer iruditzen?

—Erosita zeuden?

—Erdiak, bakarrik. Ahaleginak neurtu behar dira. Krisia, badakizu. Erdiak aski, horrenbestez: Lojako nekorak ez dira batere txarrak, egia esan, eta erosita ez zeuden adituen erdien boto bakar bat nahikoa zuten irabazteko. Oso zaila da hamabost adituetako batek, halabehar hutsez baino ez bada ere, Lojako nekorari botoa ez ematea, endemas, esan dudan bezala, onak izanda. Eta txiripa hutsez berdinketa gertatzen bazen, horretarako zegoen notarioa.

—Erosita hura ere, e?

—Bon, berea «kalitatezko erosketa» zen. Bakarrik berdinketa gertatuz gero baliatzekoa.

—Eta zuk nola dakizu hainbeste?

—Erosi ez zuten adituetako bat ni naizelako.

—Zintzoegia zarelakoan?

—Zintzoegia ni? Ezta pentsatu ere! Baina kantabroek *paketea* didate euskalduna eta abertzalea naizelako. Konpetentzia, beraz.

—Zu ez erosteak ez du frogatzen besteak erosita zeudela.

—Horrek ez, egia. Baina erositakoetako batek kontatu zidan.

—Diruz erosi zituzten?

—Esku diruz, efektiboz? Ez, gizona. Lehengo eguneko gaira itzultzen gara, Michelin izarren gaira, alegia. Gaur egun erosketa-sistemak asko sofistikatu dira. Aski da pertsona egokiak emandako *indikazioa* eta *aholku* batzuk aintzat hartzea, *konpentsazioren* bat egongo dela ziurtatzeko.

—Eta orain nora goaz?

—Lojara, noski. LOTUPLEren hurrengo urratsa *inplementatzera*. Orain, Lojako nekora Kantauri hegaleko onena dela notarioaren aurrean frogatu eta gero, ni bezalako dozena batzuk gastronomia-kritikari gonbidatu gaituzte, nekora batzuk jatera. Gero zenbait *indikazio* eta *aholku* isuriko dira bazkalosteko solasetara, eta bakoitzak bere kazeta, egunkari, blog edo aldizkarian aldarrikatuko du Lojako nekoraren bikaintasuna. Horrela, datorren udan Lojako bazterrak leporaino beteko ei dira nekora gose doazen turistez. Ulertzen?

—Zuk ere *indikaziorik* jasoko duzu?

—Ez. Nik ez. Nirekin etsi dute. Pozik, gonbidatzen nautelako, eta zu ere gonbidatzea lortu dudalako, *Bib Gourmand* batera, gaurko kasuan. *Aholku* gehienak Madrilgo medio handietakoentzat izaten dira. Haiek idazten dituzte, gero, Europa eta are mundu osoan egiten diren festa gastronomiko guztiei buruzko artikuluak. *Indikazioei* eta *aholkuei* esker, elite bat sortzen da; kronikak idazten dituzte, gaur Singapurtik, bihar Brasildik, etzi Londresen daude...

—*Bib* zer...?

—Michelin gidak jatetxe bat *Bib Gourmand* izendatzeak, sukaldariek esaten duten moduan, mapa gastronomikoan jartzen zaitu.

*Bib Gourmand* hartan izan omen zen notario aurreko nekora-dastaketa. Jatetxeko atarian, jabea ez ezik Lojako alkatea ere bazegoen, dena irribarre. Hari mundu guztiak *Bobby* esaten zion. Kazetariak eta gastronomia kritikariak iristen ari ziren, dozena batzuk zeuden.

—Bobby hau benetan hain sinpatikoa da edo LOTUPLEk agindutako estrategia bat *inplementatzen* ari da?

Jakin nahi izan nuen. Baina Fran Bildosolak ez zidan erantzun, bera ere dena irribarre alkatea besarkatzen ari zelako. Gero nire aurkezpena egin zuen.

—Esan nizun bezala, Enekoitz Ramirez. Gure komunikazio taldeko kudeatzaileorde izendatzekotan daude.

Hori duk eta, Bildosola! –pentsatu nuen–. Aurrena gezurra.

Bostekoa eman zidan, LOTUPLEk kudeatzaileordeentzat xedatzen duen neurriko indarrez, nik uste. Handik zebiltzan beste batzuk agurtu zituen, eta gero, txalo artean, jatetxeko terraza batean ipinitako oholtza txikira igo zen, ongi etorri hitz batzuk esateko, eta produktuaren kalitatea laudatzeko.

—Lojako nekora, nekorarik onena da. Arrazoiak? Kosta garbia eta haitzez betea, alga ugari, hondakin organiko edo inorganikorik gabeko ura; kontrolak, debekualdiak eta murrizketak onartu eta betetzeko, arrantzaleen diziplina zorrotza, betiko arrantza-arteen erabilera...

Eseri egin ginen, mahai biribiletan, lau edo bost lagun mahai bakoitzean. Erdiko mahaian, mahai nagusian alegia, *Bobby* alkate sinpatikoa, jatetxeko jabea eta Madrildik etorritako bi kazetari zeuden. Gu Burgosko eta Palentziako kritikari banarekin eserarazi gintuzten, zeina baitzen oso bazterreko sentiarazteko estrategia baten parte, Bildosolak gero, bueltako bidean, adierazi zidanez. Palentziakoak aste santuko kandelaren aire bat zeukan txertatua, mantekilaz abusatu dutenen antzera. Burgoskoa –hura nobedadea!– emakumezkoa zen.

—¡*La mujer burgalesa, siempre dispuesta a reinventarse*! –jakinarazi zigun, nire harriduraz jabetu zenean.

—¡*Enriqueta Celemín*! ¡*Qué alegría poder saludarte*! –zioen Bildosolak, musu bi ematearekin batera–. ¡*No te veía desde que empezó la guerra del txakoli*!

—*Si no fuerais tan racistas...*

Bada jende modu bat, dakizkien topiko guztiak esan arte lasai gelditzen ez dena, antza. Edo topikoak bere interesen aldeko arma erabilgarri jotzen dituena.

—¡*Pero qué dices*! ¡*Si yo tuve una novia de Burgos*! –moztu zion, gerritik beherako nazioartekotasunaren aldarri.

Egia omen zen, geroago, autoan, esan zidanez.

—Encarnacion zuen izena, eta Burgoskoa zen. Baina Bartzelonan bizi zen. Hispania, Can Solé, Agut d'Avignonera eramaten nuen. Hura neska majoa zen, ez puta zahar hau bezala.

Enriquetaren eta Bildosolaren arteko etsaigoa, itxura batean, aro bat markatzen duenetakoa omen zen. Bildosolarekin mokoka, emakume hark dena bihurtzen zuen ika-mika gai: txakolinaren jatorrizko izendapenetik saltsa berdea prestatzeko modura. Edozein aitzakia aski zuen Burgosko bigantxak Bildosolari adarkada tiratzeko. Honek adarren joan-etorria itzurtzen bazuen aski lan. Gu baztertzeko baino gehiago, ez al gintuzten kantabriarrok Burgoskoarekin jarri izango txakolinen gerra berpitz zedin?

—Garbi gera bedi nik irin pixka bat egiten diodala saltsa berdeari –esan zidan geroago Franek, aitorpen modura–. Baina zirikatu egin nahi nuen.

Saltsa berdearen eta abarren gainean eztabaidatu bitartean, pikatzeko gauza batzuk ekarri zituzten.

—Substantziarik gabeko aperitiboa –epaitu zuen Palentziako kritikariak–. Copenhaguen Rasmus Köfoeden eta Rene Redzepiren jatetxeetan tuberkuluak probatzetik nator. Cristian Puglisik arbi-aza bat aurkeztu zidan, hain fin moztuta, zerrendetan, *pappardelleak* zirela ematen zuen.

—Batere kasurik ez. Copenhague Palentziatik urrutiegi balego bezala, edo. Gainerakoan, jende guztiak dauka bere lanbideko jargoia arma bat balitz bezala erabiltzeko ohitura.

Ni nahiko harrituta nengoen, Albariño edaten ari ginelako. Bildosolari esan nion.

—Albariño, Kantabriako produktu bat laudatzeko bazkarian? LOTUPLEk ontzat emango al du?

—Hemengo ardo bat, Kantabriako ardo eskas bat, Kantabriako ardo guztiak bezala, ipiniko zigutela egin zuten mehatxu; guk protesta egin genuen. Azkenean, Albariño bat hitzartu genuen, betiere gure artikuluetan ardoaz deus ez esateko baldintzarekin.

—Palentzian dauden ardoekin –sartu zen Palentziako kritikaria, Palentziako ardoaren aitortza eskasa laido baten antzera bizi zuena, itxuraz, edo agian Copenhagueko ibilerak eduki zuen arrakasta txikiaz minduta.

Halako batean pakete garden batzuk iritsi ziren mahaira, beren lazo eta guzti. Poltsatxoek zerbait gorria zeramaten barruan.

—Orain karameluak?

—*Carta fata* papera da –jakinarazi zidan Bildosolak–, Fabio Tacchela *chef* italiarrak boladan ipini duena. Papera da, bai, baina labean edo sutan erabil dezakezu, eta ez ditu bere ezaugarriak galtzen.

—*Papillote* bat da, azken finean –jakinarazi zuen Enriquetak, sufizientziaz.

Begiztak askatu genituen, eta itsas urrin sarkor eta eder bat hedatu zen bazterrotan. Nekorak bakea ipini zuen bere barne-mami bete eta urrintsuak kentzeaz arduratu ginen denbora guztian, baina ez gehiago.

Bigarren asaltoa Kepa Pedrotegiren funtzioan egon ziren sukaldari, agintari eta pertsonalitate guztien izenak aipatuz hasi zen. Zerrendaren luzeari kasu eginez gero, funtzioa estatuburu baten mailakoa izan ei zen. Palentziakoak atera zuen gaia. Sukaldari euskaldunetatik ez omen zen bakar bat ere falta izan. Letania luze bat bezala errezitatu zuen zerrenda. Euskaldunetatik katalanetara pasatu zen gero, futbol taldeko hamaikakoa errezitatzen ari zela zirudiela. Gero Espainiako hainbat aipatu zituen, niretzat guztiz ezezagunak; baita gainerako gehienentzat ere, nonbait, izena aski ez eta beren obra eta mirakuluak aipatzen zituelako izen bakoitzaren ondoren:

—... Urlia, *atascaburras* delakoa duindu duena, Sandia, Bierzoko *botilloa* modernizatu duena, Berendia, Extremadurako *calderetaren* aukera infinituak azken muturreraino eraman dituena, Halako, Murtziako *zarangolloaren* kontzeptua berritu duena...

Etenik gabe, frantziarrekin lotu zuen, bere gibel kastigatuak uzten zion energia guztiarekin:

—Bocuse, Troisgros, Ducasse, Robuchon, Bras, Veyrat, Guérard...

Gero beste izen mordo bat ahoskatu zuen, toki batzuetakoak non nik ez bainekien jatetxerik edo sukaldari famaturik zegoenik ere.

Izenak entzun ahala, desitxuratu egiten ziren nire baitan: *Ortzeok, Abrasategi, Subeibaja*... Zer gertatzen ari zitzaidan? Zer gertatzen ari zitzaion jatea hainbeste gustatzen zaion morroi bati, niri alegia? Zeren gauza bat zen sukaldarien jatetxeetan lapurtzea, baina beste bat, oso ezberdina, modu horretan errespetua galtzea. Erantzuna betekada eta enpagu sentimendua ziren, ausaz. Dena bihurtzen da enpagugarri abusatzen denean, eta gero eta zalantza gutxiago neukan arrakastak hondatuko zuela gastronomiaren oraingo loraldi neurribako hau, orain bizitzen ari garena. Gehiegikeriatan ari naizela uste baduzue, begiratu zuen ingurura, begiratu telebistari, egunkariei, egunkarietako asteburuko osagarriei, entzun irratiak... konturatuko zarete ez dela sukaldaria ageri ez den egunik, mediorik, irudirik edo solasik. Gainera, berezkoa ohi zuten espazioa aise gainditu dute, eta orain ez dira errezeta bat ematearekin konformatzen; orain, medioek lehen bakarrik guruei eskaintzen zizkieten pulpituetara igoaraziak, bizitzeko, produktibitatea edo sormena emendatzeko, enpresak sortzeko, jarduera ekonomikoa azkarragotzeko, edozertarako aholkuak ematen dituzte elkarrizketa transzendenteetan, filosofatzen dute, artisten pare jartzen dituzte, lehen apaizek, politikariek, behiala adituek, profesionalek eta irakasleek betetzen zituzten paperak jokatzen dituzte: «*Gaston Rebuffet* sukaldariak esaten duenez... *Kareaitzek* aholkatzen duenez...». Arrakasta lortzen duen edozeren lehen galbidea da, imitatzaileen, arribisten eta, orokorrean, arrakastaren argira hurbildutako bizkarroien zurrunbilotik bizirik ezin ateratzea; hau ez zen salbuespena izango, noski, are gutxiago industria oso bat sortzen ari zirenez, zeinaren erakusgarri baitziren une hartan inguratzen ninduten kritikariak, bizkarroien bizkarroien bizkarroi.

—*Internacional respiracionistak* egin duen errebindikazioa aintzat hartzen duzue?

—Bai zera!

Eta, azken finean, sukaldeaz eta sukaldariez baizik ez ginen ari. Oso onak, bai, baina sukaldariak, besterik ez. Niretzat denak aire irreal bat hartzen zuen, eta ezin nuen deus egin irrealtasun itxura hura uxatzeko.

—Fernando Pointen iritzikoa naiz: *Du beurre, plus du beurre et seulement du beurre.*

Nekeza egiten zitzaidan jende hura seriotzat hartzea.

Poliziak emandako urratsez jakitun ziren.

—Nik dakidana da morroi bat detenitu zutela, eta gero aske utzi –zioen Burgosko kritikariak.

Bildosolak eta biok begiratu azkar bat trukatu genuen. Ez zekien, antza, morroia ni nintzela.

—Eta atzo beste gizon bat atxilotu zuten: Pedrotegiren bekaduna izan den gazte bat.

—Kepa gaixoa... –zioen kazetari gastronomiko palentziarrak–. Nik badakit zerk hil duen.

Denok isildu eta itzuli genuen burua palentziar hitsarengana.

—Inbidiak, horra!

Palentziarraren teoriaren arabera, Kepa Pedrotegi goian, are maila gorenean ere zegoen zerrenda guztietan: Zilarrezko Koilararen jabea zen, bere jatetxea munduko hamar onenen artean zegoen sailkapen guztietan, munduko sukaldaririk dotoreena saritzen zuen Jaka eta Txotoa bi aldiz eraman zuen, Urteko *Chef*a izendaturik zen lehengo urtean...

—Hain gaztea izanik, goi-goian zegoen. Munduko sukaldaririk onena izateko bidean zihoan, arin demonio –uste zuen palentziarrak.

Enriqueta ez zen uste berekoa.

—Kepa Pedrotegik, goian bego, barkatuko ahal nau: *halakok* kategoria handiagoa dauka hark zeukana baino.

—*Halakok*? Bai zera! Hori ez da sukaldaria. Hori enpresari hutsa da! *Urlia* esan izan bazenu, tira...

—*Urliarenak* egin du. *Urlia,* gaur egun, ez da kapaz tortilla bat mamitzeko ere!

Enriqueta Celemin ez zetorren bat palentziarraren inbidiaren teoriarekin.

—Kontu-doitze bat izan da.

Haren arabera, ulertu ahal izan nuenez, euskal sukaldarietan hiru sukaldari-klase zeuden: zerga iraultzailea ordaintzen zutenak, ordaindu ez baino konplizeak zirenak, eta ordaindu ez, eta konplize ere izan nahi ez zutenak.

—Kepa Pedrotegiren heriotza argitu nahi duenak, hortik jo beza.

Bildosola mindu zen.

—Kepa Pedrotegik ez zuen zerga iraultzailea ordaindu nahi, egia da. Ezta BEZ, PFGZ, ITZa ere!

–aldarrikatu zuen Bildosolak, solemnitate handiz–. Kepa Pedrotegik, ahal bazuen, ez zuen inolako zergarik ordaindu nahi. Horregatik ogasuneko inspektoreren batek hil duela pentsatu behar dut, ala?

Handik alde egin genuen. Autoa hartu eta abiatu ginen.

—Zer egingo dute aitzakia bukatzen zaienean? –nik.

—Zer egingo? Beste aitzakia bat bilatu. Egon trankil. Bestalde, zuk «aitzakia» deitzen duzu, baina benetako txandrioa izan da: «aitzakiaz» beteta utzi dituzue bazterrak.

—Ez nuen hitz egiteko gogorik.

—Orain isildu egiten zara, e?

—*Vae victis*. Zer nahi duzu esatea, zer beste esan dezaket.

Zerbait esaten hasterako, ezpatak eroriko ziren balantzaren gainean. *Vae victis*. Irabazten ahal zutela sinestea, horixe izan zela beren krimenik handiena. Eta aski kemenik edo aski pertsuasio indarrik ez izatea hori ezinezkoa zela ikusarazteko, beste batzuena. Nahiz eta aitortu behar izan pistola batez armaturiko edonor pertsuaditzen saiatzeak badaukala, nola esan, erokeriatik edo burugabekeriatik zerbait. Oso ikusgarri geratzen da zenbait filmetako eszena batzuetan, heroi erromantiko arma gabeak eskua luzatzen duenean gizon armatu errankunez eta gorrotoz beterikoarengana, arma eske; baina errealitatean, ikusi denez, eszena konplikatu egiten da.

Gainerakoan, badakit ez direla faltako edozein unetan, edozein unetan baina batez ere beren gustukoa ez den zerbait egiten dudan bakoitzean, gaurtik hiltzen naizen egunera arte, *mea culpa* bat eskatuko didatenak, eurek biktimarik eragin izan ez balute bezala. Hor konpon: norbera garaitua da bere ideiak garaituak izan diren neurrian, eta dauzkan kulpak dauzka, nik ez nuen hil Manolete, eta ez nuen *Titanic* hondoratu.

—Eta palentziarrak dioena?

—Inbidia? Bai zera. Bai, lankide bekaizti, neska-lagun despetxatu, hartzekodun sumindu batek... Kontakatilu halakoak. Ez da inolako sekretua euren artean liskarrak eta ezinikusiak badirela, jardun guztietako profesionalen artean egoten diren bezala. Zuk ikusi dituzu, inoiz, berean ari diren bi dozena lagun, eta liskarrik ez izatea euren artean? Ezinikusiak ezinikusi, beraiek aski azkarrak izan dira hasieratik, eta berehala konturatu ziren hobe joango zitzaiela negozioa batasun eta adiskidetasun itxura emanda. Sinergiak bilatuta, alegia.

—*Rollo ona*, alegia.

—Horren modu eskas eta itsusian esatea laket bazaizu... Lehia itzela da, baina ulertu dute elkarren arteko sinergiak bilatzea komeni zaiela, konpetentzian sakondu baino areago. Gainera, inork ez du hiltzen *Arrautza eta tartuforen lorea antzararen koipean, datilezko txistorrarekin* izena duen plater baten errezeta lapurtzeko.

—Horretan antzara da biktima bakarra, itxura denez.

—Gastronomia koartada kultural bat baizik ez da, guk, elikatzeko, animaliak hil behar ditugula ahazteko balio duena; ni baino askoz jakintsuagoa zen batek esan eta idatzi zuen aspaldi. Sakrifizioaren odolaren akordua errezetaren izen luzean disolbatzen da; izen luzeago, eta disolbatuago.

—Jateko gogoa disolbatzen ez den bitartean.

—Zer esan nahi duzu?

—Gose handirik gabeko jendearen asmazioa iruditzen zaidala sukaldaritza modernoa.

—Konspirazio *kriptobeganoren* bat edo?

—Sukaldaritzaren funtzioa, egiazkoa, lehena, oinarrizkoa, gosea berdintzea da. Eta gauza bat bere egiazko funtziotik apartatzen bada, beste zerbait izaten hasteko...

—Munduko goseaz hasi behar al didazu?

—Eta zer, hala balitz? Baina ez. Esan nahi dizudana da iruzurrik handienak orduantxe gertatzen direla, jardun bat bere egiazko funtzio naturaletik apartatzen denean.

Palentziarrak esandako beste gauza bat etorri zitzaidan burura.

—Hitz egidazu beren enpresez.

—Jatetxeez aparte?

—Jatetxeez aparte, noski.

Fran Bildosolari bekokia zimurtu zitzaion, eta begiak zitroindu zituen, pentsatzeko ahaleginaz, mintzatzen hasi aurretik. Esan zuenez, gakoa negozioa aniztea zen, sortzaile izatea eta nork bere burua berrasmatzen jakitea. Bide horretan, lehen urrats serioa, aspaldi egindakoa, telebistaren kolonizazioa izan zen, denborarekin erabatekoa izatera iritsi dena.

Hori baino lehenagoko guztiak, liburuak, bideoak, egunkarietako errezetak eta gehigarrietako artikuluak, DVDak eta enparauak, horrek guztiak historiaurrea osatzen zuen. Gero etorri zen atzerriko jatetxeen aholkularitza-zerbitzuak ematea, frankiziak irekitzea Autonomia Erkidegoen Estatuko autonomia guztietako eraikuntza enblematikoetan, edo mundu osoko hiririk garrantzienetako hotel-kateetako sukaldeak inoren izenean kudeatzeko kontratuak egitea; ondoren, hegazkin-konpainien, politikarien, enpresaburuen eta abarren *catering*-zerbitzuak, eta hemendik abiatuta, janari eta elikagai-industriaren produktuen aitaponteko bezalako zerbait izatea, konpromiso-gradu ezberdinekin: publizitate hutsetik, benetan produktuaren prestakuntzan nolabaiteko parte-hartze aktiboa izateraino; hortik sukaldearekin loturiko beste edozeren publizitatera salto egitea, erraza zen. Azken orroa, betiko lanbide heziketako lerroak aski ez, eta unibertsitaterako jauzia zen, *Honoris Causa* edo master berrien kausa, eta mintzaldi-emaile ibiltzea eragin handienetako foroetan.

—Egingo dizut gaur egun ongi kokatuta dagoen sukaldari baten erretratu-tipoa: marka bateko etxetresnak iragartzen ditu, flan baten promozio-kanpainaren irudi nagusia da, Murtziako Piperraren Museoko jatetxeaz –demagun– arduratzen da, telebistan programa bat dauka astean behin, komunikazio talde boteretsu bateko asteroko gehigarrian artikulua izenpetzen du, fruta tropikalez egindako sorbete-zaporeko kondoiak komerzializatzen ditu farmazietan, saltxitxoi-forma duen oboe batekin egiten ditu kontzertuak orkestra sinfoniko batekin, Unibertsitate master batean zerbait zuzentzen du, eta pentsatzen ari da *gadget* erotikoen industrian sartzea: txokolatezko aluak, marrubizko zakilak... Azkenik, zerbaiten kate bat muntatzen ari da *Big Apple* famatuan.

Ongi joanik ere –zioen Bildosolak–, jatetxetik ateratzen denarekin puntako sukaldari bakar bat ere ez litzateke biziko. Ulertu behar zena zen lehengai urri eta garestietan oinarritzen den eta eskulan askoren beharra daukan edozein jarduera mantentzea zaila dela.

—Eta ez pentsa. Nik karikatura bat egin dut, baina batzuek demostratu dute enpresaburu onak direla egiaz.

—Eta nola moldatzen dira hainbat gauza, batera egiteko?

—Jatetxeena, behintzat, erraza da: haiek izena ipini eta estandar batzuk ezartzen dituzte, besterik ez. Kalitate-estandar batzuk: baxera, mahai-zapi eta zerbitzuko alderdi materialei dagozkienak, zerbitzuko giza alderdiei bezala; teknika orokorren erabilerei, produktuen kalitateari... Baina estandar horiek finkatu eta gero, ildoak markatu dituztenean, urtean bisita pare bat egitearekin aski dute, gainerakoa toki bakoitzeko ekipoaren esku geratzen da.

—Hildakoak ere zerbait egingo zuen.

—Mexikoko hainbat jatetxe gainbegiratzen zituen, liburuak argitaratzen zituen, prestaera bakoitzerako (bexamela, pizza, tenpura...) irin berezia ekoizten duen marka bat bultzatzen zuen, telebistan agertzen

zen... jakina, ohiko gauza horiek denak egiten zituen; baina Kepa Pedrotegiren jarduna haratago zihoan; gastronomia eta kultura lotu nahi zituen, gastronomia eta filosofia, zehatzago esateko.

—Gastrosofo bat?

—Gehiago esango nuke. Hark jenioa izan nahi zuen. Jenio euskalduna.

—Kepa Pedrotegi tiroz hil zuten, ez labanaz –jakinarazi zigun bekadunak.

Lojatik itzuli, eta arratsaldeko zazpi eta erdietan Bilbon geunden. Eme tabernara joan ginen Bildosola eta biok, hark aginduta, triangelu batzuk jatera. Fran Bildosolak barkamena eskatu zuen, triangeluaren eta triangeluaren artean.

—Haurtzaroa ekartzen didate gogora. Eta hainbeste ere ez dugu bazkaldu. Eta zortzietan daukagu zita bat.

—Norekin?

—Izenak ez dizu ezer esango. Baina guretzat balio handikoa izan daiteke.

Ez nion gehiago ulertu, ahoa beteta zeukan-eta. Gero, triangelu guztiak irentsi eta bidean jarri ginenean, jakin nuen. Pedrotegiren bekadun atxilotu berriaren adiskide batekin zitatuta geunden, Pedrotegiren bekaduna izandakoa hura ere. Parkean geneukan hitzordua.

Gran Viatik sartu ginen Doña Casilda Iturrizar parkera, edo «Parkera», besterik gabe; iragan industrial eta metalurgiko batek eman zion singulartasuna parkeari, hiria planifikatzeaz arduratu ziren eragileek industriari edo langileentzako auzoei kentzen zitzaien lurra, edozein lur zati, alferrikako gastua, antiekonomikoa, zelako kontzientzia osoa eduki izan balute bezala, Bilbo birika bakarreko utzirik urte luzez. Eta parke bakar hori ere, senarra hil eta gero karitatean aritzea denbora-pasa eta aringarri eduki zuen Bilboko Bankuaren fundatzaileetakoa izan zen Tomas Jose Joaquin Epaltzaren alargunaren eskuzabaltasunari esker, hark laga baitzituen parkea egiteko lurrak. Plusbaliak irribarre bat aurpegian, fandangoaren eta arin-arinaren erritmoan eta zentzu kristau sakonetik erauzten ziren garaiak ziren. Zer pentsatuko zuen behialako burgesia industrial eta finantzarioak, bere ongile-zerrenda ospetsuekin, bere banku-fundatzaile bizkorrekin, Bilbo zertaratu den ikusita. Onartuko zuten aldaketa, garaien eta historiaren bilakabidearen patu saihestezina iritzirik? Beren ondorengoen adoregabezia, inteligentzia falta, alferkeria eta erosokeriari leporatuko zieten?

Nik ongi ezagutzen nuen parkea, Arte Ederretako museora askotan joan izan bainaiz, Aurelio Arteta, Ignacio Garcia Asarta, Arrue anaiak, Barrueta eta enparauen obrak ikustera.

—Kepa Pedrotegi tiroz hil zuten, ez labanaz.

—Ez da horrelakorik ezer aditu.

—Poliziak sumario sekretuaren pean dauka ikerketa; baina jatetxean denek dakite.

—Nola hil zuten, bada?

—Tiro bat buruan. Gero *gela hotzeko* mahai gainean utzi zuten. Hilotza mugitu egin zuten, markak utzi zituzten.

—Nondik nora mugitu?

—Pedrotegik halako bulego txiki bat zeukan jatetxeak betetzen duen etxeko txoko batean, goiko plantan. Gaueko zerbitzua bukatzen zenean han egotea gustatzen zitzaion.

—Norbaitek entzungo zuen tiroa.

—Ez. Askotan, zerbitzuko guztiek alde egiten genuenean, bakarrik geratzen zen ordubetez edo ordu eta erdiz, etxera joan baino lehen. Dirudienez, bulegoan akabatu eta sukaldera eraman zuten.

—Nork hil nahi izango zuen?

—Kepa Pedrotegi jende guztiaren begikoa zen, ludi osoan. *Number one* bat izatera deitua zen. Gaurko gizarteak, gaurko munduak, gaurko sukaldaritzak behar dituen ezaugarri guztiak zeuzkan, denik eta gradurik gorenean eduki ere. Gaztea zen, eta bere burua berrasmatzeko trebetasun handia zeukan.

Norberaren burua *berrasmatzea* da, antza denez, gaur egun denok kleenex bat bezalakoak garela ezkutatzeko era eufemistikoa eta dotorea, kazetari *listoek* boladan ipinia: lan aski ona neukan, ez zegoen hain gaizki ordainduta, ordutegia ez zen kriminala. Bota egin naute. Baina beste lan bat bilatu dut. Langabeziatik libratu naiz, horrenbestez neure burua *berrasmatu* dut; ez du inporta oraingo lana askoz okerrago ordainduta egotea, ordutegia esklabismotik hurbil egotea. Okerragoa da langabezia. Pedrotegiren kasuan *berrasmaketa* bestelakoa izango zen, noski, baina jada ez zuen inporta horrek; ez zioten bere burua berrasmatzeko aukera gehiago eman.

—Punta-puntakoa zen. Azken bolada honetan karearen erabileran oinarritutako teknika berri bati buruz entzun nion hitz egiten –gogoratu zen Bildosola, gastronomia kritikariaren logikaz.

—Bere platerak osasungarriak ziren, poetikoak, ustekabekoak... sintesiaren magiaren jabe ziren, eta emozioak sortzen zituzten. Sukaldari bezala, sinergiak bilatzen zituen gainerako jakintza arloetako ordezkariekin...

Bildosolak, antza, ez zuen zenbait teknika menderatzen, eta bekaduna han zela aprobetxatu nahi zuen bere jakituriaren hutsuneak betetzeko, nik uste. Ulertu nuenez, Pedrotegiren sukaldeak espazioko laborategi batekin zeukan antzik handiena, zientzia hutsa zen. Tekno-sukaldea, beste izenez. Europa guztian hedatzen ari den moldea. Teknika, sorkuntza, pentsamendua, umorea eta dotoretasun estetikoa. Ez da edonoren irismenean, ez horixe. Pedrotegik berrogeita hamar teknika ezberdin erabiltzen ei zituen 30 platertxoz osatutako dastaketa-menu baterako: hutseango egosteak, hauts lehorra, hauts nitroa, gelatinak, obulatu deshidratatuak, gozogaintzeak, merenge faltsuak, aterakinen teknikak, aireak, osmosia, karameluratze kurruskatsuak, liofilizazioa, likidotzeak, esferizikazioak, pil-pila, lurruna, hodeiak, bainuak, mimetikoak, gelatina beroen emultsioak, aparrak, zentrifugatzeak, kareztatzea...

—Karea sukaldeko teknika berria? Hori aspalditik erabiltzen dute kasernetako sukaldeetan. Klasiko bat da.

Nik, kaustiko, ez nindutela inpresionatuko erakusteko. Ez zuten nire komentarioa entzun, gutxiago aintzat hartu nahi izan, kontzientzia gastronomiko bortitza piztutako bi gizaseme horiek.

—... esaterako, Siuranako olio gazte bat, Mondoñedoko bi koloreko piperrezko *coulis* batekin eta erromero adartxo batekin, arrain baten lagungarri perfektua izan daiteke...

—Noski, noski, denok dakigu olioa bezalakorik ez dagoela urrinen esentzia finkatzeko... Eta... eta esferifikazioa?

Bekaduna parkeko zaldiko-maldiko geldiaren ondoko banku batean eserita zegoen. Oraindik ez zen gaua, baina udaberria aski fresko zetorren. Euria bota baitzuen pixka bat lehenago, lurra bustita zegoen. Le Carréren sator bat bailitzan, bekadunak esku-ahurren artean egindako zuloan putz egin eta esker-eskuin urduriaz mugitzen zuen burua.

—Andoni atxilotu eta gero, ni atxilotuko nauten beldur naiz. Horregatik etorri naiz Bilbora, etxetik hanka eginda.

Arraioa! Gure bekaduna barne-deserriratu bat zen.

Gazte hura hildakoaren sukaldean ibilia zen, bekadun, bi urtez, eta berriki atxilotutako bekadunaren adiskide mina zen.

—Lagundu behar didazue hura kalera ateratzen. Andoni ez da izan, Andonik ez daki ezer, pagaburua baino ez da.

Andoni omen zeukan izena atxilotutakoak.

—Eta nor izan da, orduan. *Internazional Errespirazionista*?

Zer den diglosia: «repunte» ateratzen zait, baina «errespirazionista» esateko arazorik ez daukat.

—Errebindikazio hori inoren ironia makabro bat baino ez da.

Bildosolak eta biok elkarri begiratu genion.

—Konforme. Andoni ateratzen lagunduko dizugu, nire hitza daukazu. Baina esferifikazioa...

Bildosola tematuta zegoen.

Bekaduna ez zegoen eroso, eta deserosotasuna areagotzen zitzaion esferifikazioa aipatzen zen bakoitzean.

—Kepa ez zen bakarrik Michelin izardun jatetxe baten jabe. Sukaldaritzaz haratago joan nahi zuen. Euskal kulturaren tenplua eratu nahi zuen.

—Jatetxea tenplu? Hori nola da? –jakin nahi izan nuen.

—Handiagoak ikusita nago –Bildosolak, eta horretan ezin arrazoia kendu.

—Pedrotegik euskal sukaldaritza euskal plastikaren, euskal dantzaren, euskal artearen –zentzu globalean hartuta– arragoan egositako ekoizpenekin nahastu nahi zuen. Pedrotegik ez zuen sukaldaritza eskaini nahi, bakarrik: euskal kulturaren sintesi osoa eskaini nahi zuen.

Arranopola! Iritsiko da eguna, beraz, jatetxera joango garena erakusketa edo museo batera joaten denaren espirituarekin, alegia, ez jatera, epatatuak sentitzera baizik? Susmo huts horrek alarma gorri guztiak piztu beharko lituzke. Horrek aski izan beharko luke edonori zalantza etikoak sortzeko; baita ni bezalako lapur bati ere. Nolakoa izan zitekeen sintesi hori, bestalde? Ideia txoro batzuk etorri zitzaizkidan burura. Gastronomian aditutako jende horrekin elkartzen nintzen bakoitzean haluzinazioak izaten hasia nintzen: komunera zoaz, eta sartu baino lehenago aurreskulari batek aurreskua dantzatzen dizu, zuk sekulako ahalegina egiten duzun bitartean, hantxe bertan libratzen ez hasteko, edo praka barrenak ez bustitzeko. Edo hobe, bazkariaren erdian sukaldari nagusia su artetik atera eta jantokiaren erdian jartzen da, txapela buruan eta eskuak bizkarrean, eta zortziko txikian ekiten dio, menua gai hartuta: *Oraintxe jan duzue / Italiako trufa / ze goxo zegoen-ta / gustatu zait, ufa! / bapo eginda naiz-ta / hau ez da ez, trufa / horrelako gusturik / ezin leike pufa.* Gero, eztabaida bazkaltiarrekin: poto izan da, ez, trufa esanahi bikoitzeko hitza da. Eta «Pufa»?, *pufatu* aditzetik, jakina.

—Beraz, esferifikazioa... –ostera ere Bildosola, ekin halakoa.

—Nola dakizu hainbeste, bi urtez baizik ez bazinen izan bekadun? –moztu nuen nik.

—Bi urte aski. Nik gurtu egiten nuen maisua. Bere laguntzaile estua nintzen.

—Orduan, zergatik bota zintuzten sukalde hartatik?

—Gaizkiulertu bat izan zen. Bekadunen lan-baldintzak gogorrak dira.

Une horretan Bildosolak hartu zuen hitza berriro.

—Kalkulatu, holako jatetxe batean, urteko fakturazioa bi milioi euro izan daitekeela; kalkulatu langileen gastuak hartzen duena, fakturazio horretatik, ehuneko 25a dela; kalkulatu berrogeita hamar lagun ari daitezkeela lanean. Zenbat ateratzen da bakoitzarentzat, urteko?

Kontua egiteak denbora pixka bat hartu zidan.

—10.000 euro.

—Zati hamabi hilabete?

—833 euro hilabeteko.

—Hamabi paga. Gizarte Segurantzakorik gabe. Hogeita bost ordu egunean. Zortzi egun astean.

—Ezinezkoa da.

—Horixe. Gertatzen dena da lanean ari diren 50 horietatik asko bekadunak direla, eta horiek kobratu gabe ari dira, ikasten dutenaren truke, edo «nik Pedrotegiren etxean jaso dut prestakuntza» esan ahal izatearen truke. Eta ez pentsa, Pedrotegik bezala, goi mailako sukaldari guztiek urtean milaka curriculum jasotzen dituzte, euren etxeetara bekadun joan nahi dutenenak.

Bekadunak, Andoni delako haren lagunak, baietz egiten zuen buruaz.

—Gizona ongi informatuta dago.

Debalde lan egin. Utikan! Beharrik nire burua *berrasmatzen* dudan lapurretaren edo *manporrerismoaren* edozein espezialitatetan, beharrezkoa izatera. Lapurrarena da, gaur egun, ofizio nobleenetakoa. Lapurra, lapur klasikoa, lapur betikoa, hondakindegiko gairik ohoragarriena da. Gainerakoa, harrapa ezak: jaioberrien trafikanteetatik haste, hondakin erreaktiboen saltzaileetaraino, politikari ustel, bankari iruzurti eta eskrupulurik gabeko espekulatzaile diru-goseetatik pasatuta. Sanoagorik, betiko lapur-simaurra baino.

Bekadunak berean segitzen zuen.

—Norberaren familiak jatetxe bat daukanean, gauzak zentzua dauka. Zu zara negozioaren bigarren edo hirugarren belaunaldia, jatetxea amortizatuta dago, zuk berritzen ahal duzu, hor ikasten duzuna baliagarria izan daiteke oso. Baina esku bat aurrean eta beste bat atzean besterik ez daukazunean...

Andoni hura eta gure aurrean geneukana klase horietakoak bide ziren.

—Bi urteren buruan, astean egun bat libratzea eskatu genuen. Sindikalista arriskutsuak ginela iritzi zioten. Sindikalismoa dagoen tokian, ez dago lehen mailako sukaldaritzarik.

—Arzalluzek aspaldi gaztigatu zuen: edo Taiwaneko lan-baldintzak eta soldatak inportatzen ditugu, edo sindikalistak esportatzen.

Andoni eraman zutenez gero, bada nori leporatu, eta denbora irabazita, inork zeresanik ez du.

—Eta esferifikazioa, orduan...

Bekadunak putz egin zuen eskuen arteko zuloan, ezker-eskuin begiratu zuen, ez zegoen eroso, zaldikoen artetik –beltzak, zuriak, grisak, pintoak, kolore guztietakoak zeuden– edozein unetan Stasiko agente bat agertuko zela usteko balu bezala.

—Hori zen Proiektua, hola, letra larriz.

Bekadunak esan zuenez, Pedrotegiren sukalde-laborategian edo laborategi-sukaldean, ez daukat hain garbi, esferifikazioaren teknikaren aldaera bat baliatu nahi zuten Proiektu erabatekoa aurrera eramateko. Bekadunak ez zekizkien xehetasun guztiak, baina bai gutxienez lerro orokorrak eta detaile batzuk. Nondik atera zuen informazio hori? Antza zenez, sarrailetatik begiratuz eta ate atzeetan belarria paratuz ikasi zuenari, Pedrotegik berak esandako zertzelada batzuk eta eskatutako preparazio batzuk gehitu behar zitzaizkion; horrela, azkenean, proiektuaren ildo nagusia zein zen jakiteko moduan geratu zen. Bekadunak hau dena nola azaltzen zuen ikusita, zer hitzekin, zer plantarekin, ziur naiz estatubatuarrek «soluzio finala» prestatzen aritu zirenean ez zutela misterio-aire handiagorik erakutsi. Berez teknolektoa menderatzen zuen Bildosolarentzat azalpen hura guztia segitzea zail egin bazitzaion –geroago aitortu zuen moduan–, zer esan beharko luke ni bezalako neofito batek. Ulertu ahal izan nuenez, gauzaren oinarria zen jaki batzuk esferifikatzea, gero esfera horiek husten joateko; hau da, nahasi behar zen alginato sodikoa eta kloruro kaltzikoa, proportzio jakinetan, esferifikatu nahi zen gai likidoari, gelatina-testura moldagarriak lortu arte. Esferak lortzea zen lehen urratsa, beraz.

—Alkimia.

—Alkimia? Kimika hutsa!

Esferak zerezkoak izango ziren, hori ez omen zegoen hain argi. Euskal zapore oinarrizkoa, esentziala, bilatu nahi zen. Bilaketa horretan hainbat lehengairekin esperimentatzen ari zen: babarruna, legatz-kokotxa, ardi-gazta, mamia, gaztaina, txipiroi tinta, piper txorizeroa... Ulertu nuenez, beharrezkoa zen esferifikatu nahi zen lehengaia likidoa izatea. Zerbait arraroa zegoen hor, orduan.

—Barkatu, baina nola esferifikatuko duzu gaztaina edo babarrun-ale bat?

Nire ezjakintasuna deitoratuz begiratu zidaten.

—Egosi eta gero, purea eginda.

Dena dela, bazirudien Pedrotegik, euskal kulturaren sintesiaren bila, morokila esferifikatzea erabaki zuela.

—Hala ere, hor eztabaida handia zegoen. Zalantzarik ez dago lehen hominido protoeuskaldunek aleak gordinik jango zituztela; gero ikasiko zuten ale horiek ehotzen, errazago irensteko; hurrengo urratsa ale ehoa urarekin nahastea izango zen, eta hurrengoa, nahaste hori egostea. Ordea, artoa Ameriketatik dator, beraz XVI. edo XVII. mendera arte ez zen ezaguna izango. Beraz, artoa ez, eta garia erabiltzea jatorragoa izango al zen?

Bekadunak Pedrotegiren sormen-tailerrean izandako zalantzak, atzera aurrerak eta duda-mudak azaldu zizkigun, laburturik.

—Jakina, esferifikazioa lortu eta gero, hurrengo urratsa esfera hustea zen, Oteizaren irakaspenari jarraituz.

Pedrotegi akabatu zutenean, platera oraindik esperimentazio fasean zegoen, baina probak aski aurreratuak zeuden. Zenbait *prototipo* zeuden martxan –hala esan zuen, *prototipo*–, eta bazirudien *Vaciado oteiziano de esfera de caviar de morokil al aroma de castaña – Gaztain urrineko morokil-kabiarrezko esferaren hustuketa oteizarra* deiturikoa zela aurreratuen zegoena eta kartan sartzeko aukera gehien zeukana. Gainera, plateraren beste ezaugarri bat zen esferaren hustuketa hurrenez hurrenekoa izango zela, Oteizak diseinatutako ibilbideari jarraikiz; beraz, plateraren fase bakoitzean egongo zen *Hustuketa I, II, III...* izeneko plater bat, azken apoteosira iritsi arte, hau da, *Vaciado oteiziano de esfera de caviar de morokil al aroma de castaña – Gaztain urrineko morokil-kabiarrezko esferaren hustuketa oteizarra IX.*-ra arte. Kartan sartu baino lehen, bezero-sorta hautatu batek test-talde bat osatuko zuen, hau da, edukiko zuen plateraren fase guztiak –lehenetik bederatzigarrenera– dastatzen joateko aukera. Azken estadioan, IX.-enean, alegia, esfera guztiz hustuta zegoen, beraz platera huts-hutsik mahairatzen zen, baina Donostiako Orfeoiko zortzi ahots hautatuk korrokadak, eztarriko marrantak, kontsonante sabaikariak, eta semema, morfema, lexema eta fonema igurzkariak interpretatuko zituzten, euskal proto-hiztunak egingo zituzkeen lehen hotsak birsortuz, arbasoen espirituei oles egiteko, Gonzalez Aziluk Bernaolaren partitura batetik abiatuta konposatutako obra baten arabera.

Bildosolak apo-begiak irekitzen zituen.

—Platera, hutsik?

—Plateraren diseinuan lanean ari ziren. Basterretxearen diseinu batekin ari ziren. Egurrezkoak edo harrizkoak izango ziren, segurutik.

—Platera hutsik, alegia, ezta gaztainaren urrina ere?

—Gaztain-urrina, VIII. bertsioan; IV.enean, deus ere ez.

Bildosola sorkariaren alderdi onak eta txarrak kontsideratzen jarri zen.

—Airea saltzea, azkenik! Kea saltzea baino are ere jenialagoa, kea egiteko erregaia behar delako, eta erregaiak, merkeena izanik ere, beti kosturen bat edukitzen baitu. Zenbatean salduko zuen errazioa?

—Prezioa jarri gabe zegoen oraindik. Baina, egia esan, nire iritzia jakin nahi baduzu, ez dauka preziorik.

Egon zatekeen pailazokeria hartan jarraituko zion jenderik? Nik zalantzak neuzkan. Jada inor ez zegoen gose bazterrotan, ala? Ironiaz tiratzea erabaki nuen.

—Eta non zerbitzatuko zuten? Frontoi batean? Eibarko Astelenan, esaterako?

Bekadunak disimulurik gabeko erdeinuz begiratu zidan.

—Astelenan ez. Baina Pedrotegik inoiz aipatu zuen Ainhoako plazaren erreproduzkio txiki bat eskalan egiteko aukera, jatetxean, atzeko lorategiaren zati bat aprobetxatuz.

Definitiboki, burutik eginda zeuden.

—Ez zen beldur bezeroek bizkar emango ote zioten?

Bekaduna pipertu egin zen:

—Zuk zer dakizu, hori esateko? Egon zinen sekula Pedrotegiren jatetxean?

—Egongo ez nintzen ba. Ordu txarrean okurritu zitzaidan joatea. Goraintziak, somelier asiatikoari.

—Lian-Li-ri? Jada ez dago. Enpresak DFko jatetxe batera bidali du.

—Pedrotegik bidali du Mexikora?

—Pedrotegik ez. Lian-Li kontratatu zuen enpresak. Sotolanak wine storek. Pedrotegi parte zen enpresa horretan, beste sozio batzuekin batera.

Ez nuen deus ulertzen. Bildosolak irribarre diskretua egin zuen nire harridura ikusita.

—Pedrotegik sormen-prozesua bere osotasunean ezagutzeko aukera eman nahi zien interesa agertuko zuten bezeroei, egoera mistiko bat sorraraziz: estadio guztietako emaitzen bilakaeraren bidez hutsune oteizianoa, ur, lur, su, haize, erro preindoeuropearrak, eta behialako arbasoen errito historiaurrekoak irentsiko zituzten.

—Adituta daukat historiaurrekoak gosete handiak pasatuak direla. Horregatik, beharbada.

—Gure *historiaurrea* beren *euskal ariman* txertatuko zuten. Bistan denez, I. horretatik hasi, eta IX. horretaraino sukaldariari sormen-prozesu guztian laguntzen zion bezeroa, horixe zegoen benetan kondizio onetan plateraz gozatzeko, bere esanahi kultural sakonaz konturatzeko, gastronomiaz aise haratago doan esperientzia batean parte hartzeko.

Eta gero, misterioaren atarian joka dagoenaren solemnitateaz:

—Pedrotegik uste zuen prozedura horretaz, horretarako aukeratuak, hainbesterainoko sentiberatasunaren jabe zenak, topatuko zuela bide bat lehen euskal alaraua bota zuen *protohominidoarekin* harremanean, *komunio espiritukzkoan* jartzeko... Alegia, esperientzia gastronomiko muturreko honek sortutako magiak denbora eta espazio kategoriak desegin egingo zituen.

Fran Bildosolak kokotsa ferekatu zuen, posibilitateak kalkulatuz:

—Ez dago gaizki pentsatuta. Komertzializazioan asmatu beharko litzateke, baina; bistan da sorkari hori ez zela izango masarentzat; 500 euroko billeteetan bildutako gose gutxiko aberats kuadrillak bilatu beharko lirateke.

—Hasieran, promoziorako, Pedrotegik zinema-industriako krudibeganoak zeuzkan buruan. Platera enkarguz eta mahai osoarentzat zerbitzatuko zen, hori bai.

—Burutik eginda gaude, ala? –nik.

Agian ez zen zertan harritu. Munduko beste hainbat bazterretan gosetea eta ogi falta nabarmena dagoen bezala, gure alde honetan gose-falta eta proteina soberakina dago. Horri gehitzen badiozu hainbat aberaskilo edozer ordaintzeko prest egoten dela, gero lagunen aurrean harrotzeko... Iruzurgile eta lapur errespetatua nintzen garaietan, ezagutu nuen Iruñeko jatetxe bat, aberastu zena bertako aberats, jauntxo, bizizale, kontrabandista, *broker, politikastro* eta esku zuriko gangster guztien artean modan jarri zelako. Zergatik jarri zen modan? Oso garestia zelako. Joaten ziren bazkaltzera edo afaltzera; eta gero –emakumeak ile-apaindegian, arropa-dendan, edo gizonak futbol edo golf-zelaian, edo squash-pistan– elkartzen zirenean, jatetxe hartako jabearen aurka hasten ziren, maldizioka, zenbat kobratu zien, zer-nolako faktura ordainarazi zien, lapur hutsa zela esanez... Baina hurrengo astean, berdin joaten ziren, eta berdin kexatzen ziren; eta hurrengoan ere bai, eta hurrengoaren hurrengoan ere bai. Jende horren psikologia ulertu beharra dago: faktura haiek zenbat eta garestiagoak, orduan eta ozenagoak protestak, aldarriak eta zemaiak... baina harroago esanda. Dena jolas bat zen, lehiaketa bat. Izan ere, denbora guztian ari ziren elkarri erakutsi nahian norbera zela diru gehien zeukana. «Nik honenbeste diru daukat Suitzako banku batean» ezin zutenez esan, ez eta «niri ETAk hainbeste diru eskatu dit» –ordaintzea oraindik delitua ez zenean zirkulu pribatuetan esaten zuten bezala–, zeharkako botere-erakustalditxo hauekin konformatzen ziren. Hortaz, promozio-lan itxurazkoa eginda... Zinemaldian berria zabalduz gero, bezeroak sortuko ziren. Total *glamourosoa*.

—Lehen aipatu duzu enpresa horretan, nola zen...

—Sotolanak wine store.

—Bada, enpresa horretan, diozu, hainbat sozio zeuzkan. Badakizu nortzuk ziren?

—Ez. Baina Mariatxia ez zen oso aparte ibiliko. Inbertsio eta negozio guztietan zeuden elkarrekin: irinetan, ardoetan, jatetxeetan...

Ez dakit ez ote zuen esan Mariatxi horrek afinatzen zizkiola, baita ere, saltxitxoi-itxurako oboeak kontzertua zeukanean, edo gerora amestu dudan. Inbidiak, zergak ez ordaintzea... Ordura arte krimen horren motibazioa, arrazoi logikoa zein zitekeen asmatzen saiatu nintzen. Hau da, saiatu nintzen ulertzen edo asmatzen nork izan zezakeen arrazoi bat Pedrotegi kasatu nahi izateko. Orain garbi neukan galderari buelta eman behar niola; hau da, galdera ez zen nork edukiko zuen arrazoi bat Pedrotegi hiltzeko, nork ez zuen edukiko arrazoirik –bat, gutxienez– baizik.

Lekeitioko plaza seinalatu zidan, non Athleticeko elastikoekin jantzitako ehunka ume futbolean ari ziren, mota guztietako dozenaka baloirekin, lau eta hamabi urte arteko adin guztietakoak, denak denen aurka, zurrunbilo ederrean, beren gurasoek eta ahaideek harrizko petril batetik begiratzen zieten artean. Udaletxeko arkupeetan, teknikari itxurako armada txiki bat mugitzen zen zalu foku, kamera, kable, garabi eta bestelako gailuen artean. Florindak berak identifikatzeko txartel bat zeukan paparrean, eta lepotik eskegita argiaren intentsitatea neurtzeko bide zen gailua.

—*Ben-Hur* errodatzen ari zarete?

—*Ben-Hur*? Bai, antzeko zeozer.

Harrizko petrila seinalatu zidan, bertan itxaroteko esanda, goizeko txanda bukatu eta gero elkarrekin bazkalduko genuela.

—Honetan aritzen zara lanean, orain?

Jakin-min harritua zen nirea.

—Zu ez zinen galerista? Nik Lanbide Heziketa egin nuen, eta argiztapen-teknikari *berrasmatu* dut neure burua.

—Ondo berrasmatuta, bai horixe.

Athleticeko jokalari batzuk ikusi nituen txoko batean, klubaren filosofia ondo ulertzen zutenetakoak, itxura batean. Udaletxe aurrean, Lekeitioko basilika eder eta famatuaren arkupearen ondoan, apaiz bat paseatzen ari zen, handi eta lerden, sotana eta guzti, eta kiosko ondoan atso zahar batzuk zeuden eleketan, igandeko jantzita, poltsa eskuan eta ile-apaindegitik igaro berri. Bai kiosko ondoan, bai elizako arkupearen ondoan ere, koltxoneta batzuk zeuden, auskalo zertarako.

Ikusgarri bitxia bazen ere, handik aldendu nintzen, itsasoari begira jarriz plazako builari bizkarra emanda; taberna lasai bat bilatu nuen txakolin pare bat edateko ordu biak jo arte, orduan amaitzen baitzuen Florindak goizeko lana.

Bekadunarekin Bilboko parkeko zita eduki eta gero, Florindak deitu zidan sakelakora. Larri zegoela zirudien, hurrengo egunean Lekeitiora joateko, mesedez. Bilbon bertan lo egitea pentsatu nuen aurrena, baina aski denbora neukalakoan, etxera itzuli nintzen, eta hurrengo goizean, autoa berriz hartuta, Lekeitiora joan.

Ordu bietan plazan nintzen ostera. Florinda ere han zen ordurako, ekipoko beste batzuk izango zirenak –uste izan nuen– despeditzen.

—Zertan aritzen zara, zehatz?

—Argiztapen-teknikaria naiz. Hodei alu hauek... Hemengo argiak badaki ederra izaten, baina eguna harrapatu behar, eta gaitza da... Zuri-beltzean egin izan bagenu, nik hasieran proposatu nuen bezala...

—Zer iragarki, edo zertan arraio ari zarete?

—Dirudienez, presidenteak erabaki du Javi Martinezengatik kobratutakoaren zati bat klubaren aldeko sentimendua berrindartzeko inbertitzea. Iragarki bat da. Alde egin nahi dutenen zentzagarri, edo.

Nire irudiz, zaleek ez zuten horren beharrik, eta jokalariek bestelako estimuluak beharko zituzten, baina tira; nork bere milioiekin nahi duena egiten du.

—Zer-nolako iragarkia?

—Plaza bete ume baloiarekin; plano horiek goizean egin ditugu, errazenak ziren, aukeratzeko adina dago. Begira, iragarkia honela hasten da: Athleticeko himnoa entzuten da, umeak jolasean, denak Athleticeko elastikoarekin, jakina; atso kuadrilla bat berbetan dago kiosko ondoan, eta plazaren beste puntan elizako arkupe aurrean, abadea dago hizketan txapeldun birekin; plano orokorrak, ertainak eta lehen planoak nahasiko ditugu, atsoenak eta abadearenak ere bai. Derrepente ekipoarekin konprometituen dauden jokalarietako batzuk agertzen dira, kaleko jantzita, eta umeekin hasten dira jolasean: baloia elkarri pasatu, amagoak, ukituren bat (hemen ere dena plano nahasketak)... Hau arratsaldeko saioan egin behar dugu. Teorian erraza da, baina ikusi egin beharko da umeak nola kontrolatu, goizetik erotuta daude-eta. Hortik aurrerakoa: halako batean, norbaitek baloia fuerte jo eta hor doa, justu kiosko aldera, atsoak hizketan dauden tokira. Orduan kamera geldoa sartuko dugu: baloia airean, poliki, baina atso kuadrillara zuzen-zuzenean... Kamera geldoa sartzearekin soinu-banda ere aldatzen da, eta beldurrezko filmetakoen motakoa hasten da. Oso ona litzateke *Psicosis*ekoa, Batesek dutxan dagoen neska sastakatzen duenekoa, baina hori bera ez bada, antzeko beste bat; hemen Athleticeko jokalarien eta ume batzuen aurpegien lehen planoak: denak konturatu dira atsoetako batek jaso behar duen baloikadaz, eta ikara baten begiratzen dute, susto aurpegiarekin, «kontuz» esango balute bezala; berriz baloia airean, kamera geldoan beti ere... atso baten burura doa zuzen-zuzen... eta erremediorik gabe baloiak joko duela seguru ematen duenean, gutxien espero denean, atsoak esku-poltsa part bota, gonak altxa, salto egin atzerantz... eta sekulako txilena batez errematatzen du elizako arkupera. Azken hau ere kamera geldoan.

Kontatzen ari zena ikusten zuela zirudien, eta ikusarazten zuen.

—Orain, Athleticeko ereserkia eta irudien abiadura normala berreskuratuz, baloia arkupera doa, arkupera sartuko dela ematen du, eskuadratik, eta zer izango, eta apaizak kristoren estirada egiten du, baloia harrapatzeko. Apaizaren eskua baloitik metro erdira dagoenean, ereserkiaren azken hitza entzuten da («Geuria», alegia) eta irudia gelditzen da, jakin gabe gola den edo atezainak despejatuko duen, eta eslogana agertzen da, pantailan inprimatua: «Athletic, sentimendu bat». Ona, e?

Athleticeko jokalari batzuk ikusi nituelako sinesten nion, bestela harpa jotzen ari zitzaidala usteko nuen.

—Eta horrela uste dute kenduko dietela jokalariei mundu zabalean galtzontziloen iragarkiak egitera joateko gogoa? Noren ideia izan da?

—Iragarkia egitea, zuzendaritza batzordekoena, nik uste. Iragarkia bera, beraneante bati okurritu zitzaion. Lagunei kontatu omen zien ideia, txantxetan, barrezka, txikiteoan. Publizitate enpresako sortzaileetako bat handik pasatu zen, txiripa hutsez, enkargua jaso eta gero. Ideia entzun... eta ño!, pentsatu zuen, ez dago batere gaizki. Enpresako sortzaileak kontatuta, e?

—Enpresako «sortzailea» zela diozu?

—Eta onenetakoa, gainera.

—Eta beraneantea?

—Beraneanteak ez zeukan ideia erregistratuta. Hortik dabil, xelebre-xelebre, kopiatu diotela esaka. Berdin da, inork ez dio sinesten. Ikusi dituzu kiosko ondoan eta Elizako arkupe ondoan dauden koltxonetak?

Ikusiak nituen, bai.

—Muniain da txilenaz errematatzen duen atsoa, eta Iraizoz abadearen doblea. Bihar grabatu behar ditugu haiekin saio batzuk. Pentsatzen dut jende parrasta bat etorriko dela ikustera. Sarrera kobratzea bagenu...

—Eta hor eduki behar duzue Muniain egun osoa txilenak egiten? Hainbeste agoantatuko al du?

—Egia esan, egun osoa ez dugu behar; orain dauden programekin, gero estudioan, ordenagailuan, txilena birekin eta estirada birekin, ederto baten. Txilena egitean peluka jausten ez bazaio. Zer nahi duzu bazkaldu? Bokata bat?

Horiek garaiak, Michelin izardunetan afaltzen genuenekoak.

Ordura arte plazatik apenas urrutiratu gabe geunden. Zer edo zer ibili ginen, arrantzale izandako herri hartako aldapa galtzadarridun kalexketako batera. Taberna txiki bateko izkinan aurkitu genuen mahaia.

—Martiartu desagertu da. Ez dit telefonorik hartzen. Tonik eta Andreak hegan egin dute, atzerrira, uste dut.

Florinda ez nuen hainbeste ezagutzen. Bostok lotu ginenean sostenaren barruan betegarria ipiniko zuela pasatu zitzaidan burutik. Gainerakoan, ez zen nabarmenegia, gorputzez. Are flakoxka ere. Flakoxka zelako okurritu zitzaidan betegarriarena. Gaztea zen, eta *aurrera bolie* esanda edozertarako zelako itxura zeukan. Orain eusten zion, baina orduko segurtasuna alde eginda bezala zegoen.

—Futbola gustatzen?

—Gustatu? Egon naizen kartzela guztietan geratu da nire *tokearen* akordua, eskuinez zein ezkerrez.

Tximinoi bokata eta Jabugo begetala jaten ari ginen, belaunaldi batzuetako hatz-markak altxor bat bailiren gordetzen zituzten ardo-kopetan. Ez zion aparteko graziarik egin.

—Esan nahi dut: kirola, jolasa gustatzen zait. Joko, joko profesionala simaurtegiaren beste atal bat baizik ez da. Gainera, pasioa ongi dago, baina arrazionaltasun-lorratz txikiena ere sartu ezin den kontu bat...

—Athleticekoa zara?

Athletic ari denean bihotz guztiak geratu egiten dira, sortzen den sentimenduak hiltzailea eta biktima berdindu eta besarkatzen ditu, mundua geratu egiten da, jende arruntaren ohiko jardunari dagokion beste edozerk zentzua galtzen du.

Gizarteak gaixotasun ezezagun eta arraro baten preso dirudi.

Zenbait galdera, toki eta egun jakin batzuetan... Onespen keinu aski lauso bat egin nuen.

—Ezin dut eraman, ordea, jolas bat baino ez dena tragedia greziarraren mailara igo nahi izate hau.

—Tragedia greziarra... klasikoa edo garaikidea?

—Klasikoa, noski. Oso klasikoa naiz.

Florinda pentsakor zegoen.

—Goazen erretzera –agindu zuen.

Jatetxez jatetxe ibili gineneko garaia aski atsegina izan zen. Egia esan, hiru palo baino ez genituen eman, eta aski probetxu eskasarekin gainera. Uste baino askoz gutxiagorekin. Baina horren kontura egin genituen afariak ongi egon ziren, antzeztu beharreko papera erraza eta polita zen eta egokitu zitzaidan *partenaire*a ez zen tokatzen ahal zitzaidan txarrena.

—Irudipena daukat segitzen ari zaizkidala.

—Nortzuk?

—Ideiarik ez.

Uzten ari naiz, baina ordukoan hartu nion zigarreta. Aparte, presidiario ohi baten atera zergatik jo zuen, hori misterio bat zen niretzat. Emakume batek norberarekin larrutan zergatik nahi izaten duen beti da misterio bat; batzuek bizitza osoa pasatzen dute misterio hori argitu nahian, beste batzuek tonto aurpegia jarri eta aurrera egiten dugu, ulertu nahi gabe bezala. Ez gara erabat-erabat tonto, hala ere. Beharbada Florinda oso bakarrik sentitzen zen gure lapur kuadrillan, eta nire mozolo-aurpegian irakurri zuen ez nuela galdera askorik egingo.

—Nola elkartu zinen alproja horiekin?

—Inporta al du horrek? Ikaratuta nago.

Zigarreta bota nuen, eta zapata puntaz birrindu lurraren aurka.

—Gaur arratsaldean bukatuko dugu hemengo lana. Itxaron ezazu arratsaldeko saioa bukatu arte. Gauean eraman nazazu zure etxera.

Aldeko eta kontrako faktoreak hartu nituen kontuan. Baina baiezko garbian.

—Zerbait zor dizut, ala? –pakete pixka bat markatu nahia. Erridikulua, baiki.

—Ez noski. Kokotxak egiten abila zinela esan zenuen behin. Atzeraka egin behar baduzu orain...

Arrazoia zeukan.

—Baldintza batekin.

—Bota.

—Etxera nor sartzen dudan jakin nahi dut.

—Justua iruditzen zait.

Neska joan zen bere zereginetara, eta nik agindu nion nire urdailari zerbait oparituko niola, bokadilloak utzitako alarguntasun-sindromea baretzearren. Taberna batera sartu nintzen.

—Ebakia eta orujo txupitoa.

«Joder, Florinda», pentsatu nuen. Plazatik zarata ez nolanahikoa iristen zen, berriz grabaketan hasita zeudela seinale. Bat-batean, oihuak entzun ziren, eta geroago azantza areagotu zen.

—Zer ote...?

Norbait sartu zen tabernara, erdi asaldatuta, erdi barrezka.

—Txo! Amorebieta ixen da! Ikusi dozue? Astindu ederra emon dotso atsoari!

Nonbait, Amorebietak, txantxa gogoz, sarrera bat egin zion atsoetako bati, Muniain zelakoan.

—*Helikoteruaz* eroan behar ixan dabe Galdakaora, atsoa.

Bildosolak Daniel Ursuaren –ezizenez *Mariatxia*– atikora sartzeko eskatu zidanean, esan nion aurretik hitz egin nahi nuela Bilbao Venturarekin, gutxienez. Bildosolari ez bide zitzaion askorik axola delitu bat egin nezan hain trankil eskatzea.

—Esan nizun, ba, ekipo ona osatuko genuela.

Bilbao Venturak AABko bulegoan hartu gintuen. Urduri zegoen, bistan zeukan. Begiz hartzen zion kargu Bildosolari, ni bulegora eraman izanagatik, nik uste. Ez izaki aski presentagarria zintzoentzat, nonbait, zintzoak elkartu ohi ziren toki aukerakoetan. Bildosola gibel-handi bat zen, baina.

—Ez hasi paranoiarekin, Balbino.

AABko egoitza nagusiko bilera-gelara eraman gintuen, espazio zabaleko gela bat. Argitsua zen, beirate batek kalera ematen zuen pareta ia osoa hartzen zuelako; baina kanpoan euria ari zuen, eta errezela zabalik egonik ere, argi elektrikoa piztuta zegoen.

Argiztapena zeharkakoa zen, eta iturria sabaiko puntu bereizezin eta zehaztugabe batzuetan zegoen.

Apainketa aski funtzionala zen: erdian mahai eliptiko bat eta sei aulki zeuden –sei horietako hiru betetzen genituen–, denak zur onekoak, baina egiturazko elementuak, hala mahaiarenak nola eserlekuenak, metalezkoak ziren, eta meheak, finak.

—Ramirez, kondizio batzuk adostu genituen. Operazioaren alderdi teknikoez baino ez dut hitz egingo, beraz. Atea irekitzea arazoa al da?

—Ez, oso ate berezia ez bada behintzat. Baina nola dakit nik txoria ez dela bere habiara itzuliko bat-batean?

—Mariatxia Mexikon dago une honetan.

—Itzul liteke.

Balbino Bilbaok barre egin zuen.

—Ez, aste batzuk luzatuko zaio Mexikoko egonaldia. Alde horretatik, lasai.

—Eta zer bilatu behar dut?

—Paperak, dokumentuak... Batez ere, Pedrotegiren heriotzarekin lotuta egon daitekeen edozer. Baina interesgarria iruditzen zaizun guztia. Baliteke Ursuak kutxa gotorra edukitzea. Gauza zara kutxa gotor bat irekitzeko?

Eskuak sekula zikindu ez dituzten hauek horrelako galderak egiten dituzte. Horretan daukadan zientzia kartzelan ikasi nuen. Gauza harrigarriak, sinestezinak entzuten ziren, *interno, bokiek* esaten zuten bezala, batzuei buruz. Nik ez nituen erdiak sinesten. Behin kalean, barruan ezagututako batek halako ikastaro trinkoa eman zidan. Modelo batzuk zerbeza-latekin irekitzen zituen. Beste batzuk nabaja txikiarekin, beste batzuk destornilladorea eta klip batekin. Eta hark, «ikasle» baizik ez zela esaten zuen. *Talego* barruan fama handia zeukan batek esaten zuenaren arabera, kutxa gotor guzti-guztiak irekitzen dira, denbora-kontua baizik ez da. Abildadez, edo, txarrenera jarrita, metodo espeditiboagoaz. Kutxa gotor bat erosten duenak, hortaz, denbora baizik ez du erosten, esaten zuen maisuak.

—Depende. Ikusi egin beharko genuke modeloa, ea zer erreminta behar den. Baina ez da segurua, ez naiz espezialista. Okerrenera jarrita, aizkora eta mazoaz. Horrela asko eta asko irekitzen dira.

—Tira... ahal dela, zerbait finago nahiago genuke.

—Ikusi egin behar. Espezialista bat topa nezake.

Elkarri begiratu zioten.

—Ordenagailuekin zer moduz moldatzen zara?

—Hor harrapatu nauzu. Preteknologikoa naiz, guztiz.

—Zoaz, ea zer egin daitekeen.

Arriaran Abokatuak Bilbao bilera-gelako paretetan, kristal soilez estaliriko litografiak zeuden, handi samarrak. Serie bat osatzen zuten, inondik ere; bakoitzean, motibo piktorikoak paper zuriaren erdiko aldea hartzen zuen, muga estu samar batzuen artean, ordea, plater handietan zerbitzatutako errazio txikia balitz bezala. Zortzi edo bederatzi izango ziren, denetara, eta denek Justizia irudikatzen zuten, baina garai desberdinetako artistek interpretatzen zutenaren arabera ordenatutako serie batean, zaharrenetik berrienerako hurrenkeran antolaturikoa; hala, lehena Justizia barroko bat zen, gero Justizia neoklasiko bat, tunikaz jantziriko emakume bat, alegia, bere balantza, ezpata, begiak estaltzen zizkion oihala eta abarrekin; gero, berezkotzat hartu izan diren Justiziaren elementu hauek azken bi mendeetako «ismo» guztien galbahetik pasatzen ziren, hurrenez hurren, litografiaz litografia; azkenean, irudi tradizionalak pairatutako dekonstrukzio-prozesuaren ondorioz, ez zen elementurik bereizten, balantza, ezpata, oihala, eta zer esanik ez, emakumea bera, denak legearen aurrean berdinak garelako ipuin ospetsuari gehiago eutsi ezinik, desegin izan balira edo dimititu izan balute bezala.

—Eta, atrebentzia ez bada, Ursua hau, Mariatxi hau, nor da?

—Mexikarra da jaiotzez, gerran erbesteratuen semea. Itzuli zen, eta hanka bana Atlantikoko alde bakoitzean jarrita, fortuna egin zuen. Jateko gutiziak inportatu eta esportatu egiten ditu.

Nire galdera mutua zuzen interpretatu zuten.

—Kabiarra, *foie*a, xanpaina... holakoak. Eta... Ramirez...

Berriz galdetu nuen begiez.

—Ez dadila probintziatik atera.

Diskreziorako deia ei zen.

Argazkiak egiteko kamera txiki bat eman zidaten.

Ursuaren etxea Donostian zegoen. Eraikin modernista bat zen, XX. mende hasierakoa, harlanduz, adreiluz, zurez eta burdinurtuzko zutabeez eginda, apaingarri askorekin. Bost planta zeuzkan, azkena pixka bat balaustradaren atzera emanda. Bosgarren plantakoa atiko bat zen, Daniel Ursuarena, Kontxako badiari begira. Ez zuen leku makala topatu, kabroiak, estropadak ikusteko.

Lehen aldiz etxe hartara joan, goizez, eta beheko atariko txirrin bat jo nuen, zoriz, hatz puntaren azpian jarri zitzaidan lehena. Gutun bat nekarrela esan, eta arazorik gabe ireki zidaten. Azken pisura igo nintzen.

Lehen arazoa: barruko alarmarekin konektaturiko sistema elektroniko bat zeukan, giltza arrunta eduki ordez.

—Frekuentzia-inhibitzaile bat erosi beharko dut –jakinarazi nien nire ugazabei.

—Lasai, sartu gastua fakturan.

Bigarren egunean, inhibitzailearekin joanda, ez zen zaila izan atea irekitzea.

Plastikozko guanteak ipini eta atikoan sartu nintzen. Pasabide txiki bat zegoen. Ezkerrean sukalde luzanga bat, barne-patio batera ematen zuen leihoarekin. Eskuinean komuna.

Sukaldean sartu nintzen. Aski zabala zen eta etxetresna eta altzari guztiak diseinatzaile italiar baten izenpea zeramaten. Ez nuen denborarik galdu epai estetikoetan, ordea. Frigorifikoa ireki nuen eta hainbat ontzi txiki, makina bat substantzia, elemenia bat ukendu ikusi nituen, bakoitza bere ontzitxoan. Bat ireki eta usaindu nuen. Okela-fondoa, nire ustez. Beste bat ireki, eta maionesaren kontsistentzia zeukan gai alkaparradun bat ageri zen. Tartariar saltsa, antza. Ikusten zena aintzat hartuz, begi-bistakoa zen Ursua sukalde zalea zela, arretatsua. Agian berak ez eta beste norbaitek gordeko zizkion prestatutakoak.

Armairu baten apalategian, irin-kutxatxo kurioso batzuk, lau edo bost klasetakoak, non Pedrotegi zenduaren argazki irribarretsu batek produktuaren alderdi ona aldarrikatzen baitzuen: tenpura egiteko, bexamela egiteko, pizza egiteko...

Hortik aurrera, sukaldean topatutakoak ez ninduen hainbeste harritu: kortxoa ateratzeko tresna profesionala, ebanozko giderra zeukana –objektu txikien sentsualitate berezi horretarako ni bezain motz eta zakar den batentzat ere erakargarria–, mandolina, ongi zorroztutako labanen bilduma, beren zurezko pausalekuan sartuta, erabili onean zeuden lapikoak, prentsako astekari finek aldian behin iragartzen dituztenetakoak, hainbat birringailu, txino-txinoa, pasapurea ere bai noski, mangak, brotxak, moldeak. Burdinazko labe-erretilua, kobreztatua bezala-edo, museo-pieza iritzi niona. Zartagin sorta ez nolanahikoa, *cocotte*a, lurrunean egiteko tresna. Beira finezko hainbat kopa –ardo, ura, txanpain kopa–, eta ni bezalako kartzelario ohi batek ezin deskriba zitzakeen beste batzuk.

Muranoko kopa horietako bat eskuan eta terrazan ilargiari eta itsasoari begira, demasekoa izan behar zen.

Sukalde luzanga barruan ardoa bere tenperaturan gordetzeko altzaria zeukan, ehun eta berrogeita hamar botiletarako tokia edukiko zuena. Aparte, despentsa moduan antolatua zeukanak hainbat altxor gordetzen zituen, gehiago edo gutxiago kontsumituak: Mumm sikuen, landuen eta esklusiboen kutxa bi, marka oso ezagun baten mota guztietako ahateki-laten erakusgarria. Ursuak saltzen zituen markakoak izango zirela pentsatu nuen. Ardoa gordetzeko armairuaz aparte, zurezko botilategia eta dozena bat kutxa ere bazeuden; denetarik pixka bat, aski arrunta, guztiz dezepzionagarria izatera iritsi gabe: Chivite Colección, Tondonia, Rhineko eta Borgoinako zerbait, Bordeleko botila batzuk, ausaz onak, baina ezezagunak niretzat. Gran Feudo gorri botila herabe eta bakar bat, koinatu edo lehengusu nazkante bati esleitutakoa, nik uste.

Pattar eta uxualetan –*uxualak*, benetan?–, MaCallan nagusi, hamabi urtekoa, baina baita urte gehiagotakoak ere. Kubako rona, Kubakoa, baina. Bestetik ere franko egonik ere, bazen Delamaine bat, urte mordo batekoa... Hori lagun oso hautarentzat gordeko zuen.

Komunean ez zen deus berezirik. Argitsua izango zen, kalera ematen zuenez; zabala, egurrezko altzariak zeuzkan, seguru propio neurrira diseinatuak, haritza. Artisautzako zeramikaz nahastua.

Gero, pasabidetik aurrera eginez, egongela nasaia zegoen, eskuinean kalerako ate-leihoak eta horien ondoan terraza zituena. Egongelako behegaina Norvegiako zurez, etxe guztian bezala, sukaldean eta komunean izan ezik. Charles Eames bat, futbol-zelaia bera baino handiagoa zen telebistaren aurrean.

Apalategi batzuk, liburuekin. Sukaldeko gaietan, aberatsa: klasikoak –Brillat-Savarin, Escoffier...–, eta oraingoen mota guztietako produkzioak –liburuak, bideoak, DVDak...–.

Desordenatuta ez egonik ere, liburutegia bizia zela iruditu zitzaidan. Hauts gutxi, apaingarritarako entziklopediak eta horrelakorik, batere ez; apunteak tartean, liburuki bat edo beste higatua, bere tokitik atera eta presaz eta hala moduz nonahi utziriko aleak.

Egongelatik beste ate bat, aurrerantz, eta han logela eta estudioa, dena bat, egongela bestekoa (metro koadroak, ausarki, alegia), kenduta komun urgentziazko batek kentzen zizkion sei metro koadro urriak.

Leiho zabalak kalera ematen zuen, eta leihoaren ondoan lan-mahaia, eta mahaiaren albo bateko paretan, Zumeta bat.

Lan mahaiko zurari gerezia iritzi nion. Urte batzuk edukiko zituen altzari dotorea, tiradera handiekin. Tiraderetan dietarioak, albaranak, fakturak. Mahai gainean ordenagailua eta inprimagailua. Telefono finkoa. Seme-alaben argazki bat. Gutunak irekitzeko tresna zorrotza, zilarrezkoa, tintontzi zahar bat, apaingarri, dozena erdi bat dossier ordenagailu ondoan, bezeroen izenekin.

Ordenagailua piztu nuen. Edukia babestuta zegoen, zifratuta. Behartuta eramaten zaituztela urkamendira esan ohi da, eta benetan ez nintzen hain preteknologikoa. Ez behintzat, Truecrypt software libreaz zifratuta zegoela ez ikusteko. Windows, Mac os eta Linux sistema eragileetan erabil daiteke. Baina gauza bat zen hori jakitea, eta beste bat zifratzaileak ezarririko babesa bortxatu ahal izatea. Horretarako informatikari bat beharko litzateke. Itzali egin behar izan nuen.

Begiratu bat egin nien objektuei eta paperei. Ez nuen ezer berezirik topatu. Itxura guztien arabera, Daniel Ursuak handik zuzentzen zuen bere industria, besterik ez.

Zumetari begira geratu nintzen.

Engrudo-orban batzuk ziren, tripaz botatakoak.

Baina bazuten zerbait. Igual horregatik, tripaz botatakoak zirelako. Esaldi famatu hartaz gogoratu nintzen: «Norberaren barruan bada izenik ez duen zerbait; horixe da garena». Nire aldera itzuli nuen: «Norberaren barruan bada ezin amata daitekeen su bat, eta gu su horren erregaia baino ez gara».

Luze egon nintzen Zumetari begira. Denboragarrenera, ordea, zergatik hartaratu nintzen konturatu eta keinu azkar batez, koadroaren behe aldeari heldu, eta paretatik bereizi nuen.

Zumetaren atzean zegoen kutxa gotorra. Ez nuen modeloa ezagutzen, baina aski arrunta iruditu zitzaidan, lehen begi-kolpean. Azterketa arretatsuago batek nire lehen inpresioa berretsi zuen.

Lekutu nintzen handik. Pozik, kutxa gotorrak ez zidalako neke handirik emango. Zorte pixka batekin, beste bisita bat aski izango zitzaidan kutxa barruko sekretuak ikasteko.

Hurrena itzuli nintzenean argazki-makina, tripode txikia, frekuentzia-inhibitzailea, esku-argia eta kutxatxo batekin itzuli nintzen. Kutxatxoaren barruan, nire gakorde tubularrak neramatzan. Lau modelo ezberdin neuzkan, merkeenak 200 euro, larruzko poltsatxoa eta guzti.

Sartu nintzen, lana lasai egiteko deliberoa hartuta. Aurrena, Mumm botila bat aukeratu eta izozkailuan sartu nuen. Mumm *Blanc de blancs* bat aukeratu nuen, *Cramant* bat. Dirutza balio behar zuelako itxura zeukan. Gero Mozarten 40. sinfonia hartu nuen Mariatxiak CDak gordetzen zituen tokitik eta erreproduzitzeko gailuan jarri.

Lehenagoko bisitan konturatu nintzen kutxa gotorrak, digitala izanagatik, bazeukala, tipo horretako kutxetan hain arraroa ere ez den bezala, segurtasunezko sarraila tubular bat, klabea asmatzeko zenbakiek osatzen zuten laukiaren alde batean, plastikozko estalki txiki batek disimuluan estalita.

Halakoak oso erraz ireki ohi dira, erreminta egokia edukiz gero. Aski da gakordea sarrailaren eraztun zirkularrean ahokatu eta etengabeko jira txikiak eragitea, ezker-eskuin. Segundo gutxi batzuetan saltatzen dira.

Musika martxan jartzea, nola ekingo nion hausnartzea, gakordea aukeratzea, eroso jartzea... 40. sinfoniako lehen mugimendua, *molto allegro* ezaguna, joan zen osorik. Eta 12 minutu luze da.

Bigarren mugimendua, *andantea* denez, holako pazientzia eskatzen duen lan baterako behar den aldartearekin egokiagoa zelakoan ekin nion berriz, Mozarten nota delikatuak, nire baitan, izozkailuan zegoen Mummaren molekulen artean barreiatuko zen hotzaren parekoak izango zirelakoan. Baina sarraila ez zen ireki mugimenduak dirauen hamar minutuetan.

Hirugarren mugimendua *minuetto* bat baita, amets-irudietan galtzeko tartea ematen duena, aski solemnea izanagatik ere, nahiago izan nuen nire Mumm botila tenperaturaz zer moduz zegoen ikustera joan, eta ordura arte erabilitako gakordea utzirik, beste bat aukeratu.

Erlaxatuago ekin nion azken mugimenduari –*Allegro assai*–. Musika-mugimenduaren gai nagusia arazoetan sartzen den gakorde bat bezalakoa da, beti ibilbide antzekoa egiten duena irtenbidearen bila, eta biolin haserre batzuen paretaren aurka jotzen duena, sarraila irekiko ez dela pentsatzera daraman temaz, nolabaiteko tentsio eta ezinegona sorraraziz; halako batean, ordura arte huts egiteak sorturiko ustekabeak, biolinen euri sarri bat zeharkatuz, hasperen batez, bidea topatzen duen arte, eta besterik gabe sarraila tubularrak amore ematen duen arte.

Guztiarekin, perfektua izan zen. Zabaldu zen benetan urduritzen hasi baino lehenago, eta xanpainari tenperatura egokia harrapatzeko denbora eman eta gero. Biba Mozart!

Barruan paperak zeuden, batez ere. Familia-argazki batzuk –hala izango zirela iritzi nion–. Hauts zuri baten hiru edo lau gramo zeukan plastikozko poltsatxo bat. Arrantzamendi jatetxearen txartel bat. Hauts-lerroak antolatzeko erabiliko al zuen.

Kubitera baten bila joan nintzen. Muranoko kopa bat hartu nuen. Botila ireki nuen, ez sable baten laguntzaz behialako husarrek bezala, baina tantarik ez botatzeko beste abileziaz bai, gutxienez. Gaugiroa aprobetxatuz, paperak terrazako mahaitxoaren gainean ipini eta begiratu bat eman nien, esku-argiaren azpian. Material interesgarria zirudien. Xanpaina belusaren leuntasunez eta bizitasun alaiz sartzen zen.

Gero atiko barrura sartu nintzen, eta paperen argazkiak egin nituen. Paperak banan-banan ipini nituen mahai gainean. Zalantza egin nuen etxeko argi guztiak piztu, edo Bildosolak kamera eman zidanean esandakoaz fio, eta esku-argiaren laguntza bakarraz argazkiak egin. Bildosolaz fio izan nintzen, asko fio nintzelako baino gehiago, eskandalosoegia iruditu zitzaidalako argi guztiak piztea gauaren erdian nirea ez zen etxe batean. Beraz, kamera tripodean jarri –kamera berezia izanik ere, esposizio luze samarra behar zuen, antza– eta ekin egin nion.

Gero paperak kutxa gotorrera itzuli, kutxa zerratu, Mumm botila poltsa batean sartu, kubitera bere tokian utzi, Muranoko kopa garbitu eta, hitz batez, ustez utzitako arrasto guztiak garbitu eta gero, alde egin nuen.

Poltsako hauts zuriak niretzat gorde nituen.

Behin kanpoan, ordura arte eskuan edukitako guanteak kendu, korapilo bat egin eta bota egin nituen, botilarekin batera.

Autoan sartu eta etxerantz egin nuen.

Bildosola Arzaken jatetxera joan behar genuela tematuta zegoen.

—Arzakera? Ez, inola ere ez.

—Orduan Subijanarenera.

—Ez.

—Mundutik aparteko legatza saltsan eduki ohi du kartan, Subijanak. Donostian, gorringo biko pare batekin.

—Ezetz.

—Berasategi? Zuberoa?

—Horietan guztietan ibili gara asko ez dela, afaltzen, gero *paloa* emateko, edo ematen saiatzeko, eta orain krimen-lekura itzuli? Gainera, hainbeste I+G, hainbeste *teknologia*, hainbeste *laborategi*... Atsedena hartu behar dut. Ez, horrelakorik ez. Gainera nik ez dut koartada kultural berezirik behar, zerbait jateko. Ez naiz astronauta bat, ez mokofinen erregea, ez noa esperientzia erlijioso edo mistiko baten bila; goseak dagoen morroi bat baizik ez naiz.

—Zer? Berriz txuleta?

Erdeinuz ari zitzaidan.

—Saia zaitez nire ikuspuntua ulertzen. Ni morroi normala naiz. Goseak banago, jaten dut –jatekorik bada, gutxienez–; egarriak banago, edan; txiza egiteko gogoa badaukat, txiza egiten dut. *Glamour*ean falta dudana, zentzuan daukat. Zuek zarete, natura bestelakotzeko daukazuen grina horrekin, mundua hondatzen ari zaretenak.

—Txuleta, alegia.

—Ez. Langosta.

—Langosta? Langosta mito gastronomiko frankista bat da. Abakandoa esan izan bazenu, behintzat... Hala ere, zigala on bat dagoen tokian...

—Txerripata batekin nahasten ez badute, behintzat. Non prestatuko digute mito gastronomiko frankista bat bazkaltzeko?

Pasaiako Camarara eraman ninduen.

—Ez gaude konforme xanpainaren asuntoarekin, ez Bilbao Ventura eta ez ni.

Hola ordaintzen zidan egindako lan fina.

—Balbino Bilbaok dio, arrazoi osoz, halako botila bat daukanak nabarituko duela bere falta berriz etxeratzean.

—Bat ez; bi zeuzkan.

—Eta nik diot arrunkeria barkaezina dela *Blanc de blancs* bat izozkailuan hoztea.

Elkarri begiratu genion, bisigu aurpegiaz.

—Arrunkeria handiagorik, kutxa gotorra Zumetaren atzean ezkutatzea baino.

—Ona zen, e?

—Zumeta? Oso ona!

—Hoa popatik hartzera, Lanbas.

Barrez lehertu nintzen.

—Hi, bazagok beste bat oraindik, nahi baduk.

—*Margaritas inter porcos.*

—Egon, egon. Zuretzat xanpaina. Nik Zumeta eramango dut.

Bildosolak eskolatu egin ninduen: *Cramant* mahasti baten izena dela, xanpain hori mahasti hartako mahatsez egiten dela, bakar-bakarrik, *Blanc de blancs.* Etiketa eskuineko angeluan doblatuta balego bezala dagoela, garai batean eskuz eta txartelez emandako oparia zelako, eta botila jaso behar zuenak, etxean ez bazegoen jaso behar zuen unean, ikus zezan haren etxera propio eramandakoa zela. Eta tenperatura, eta *sabragea,* eta... Utikan, xanpainzaleen liturgia zaharkitu horiek denak. Nik ez dut koartadarik behar likido bat irensteko.

Badaezpada, kutxa gotorrean aurkitutako kokaina poltsaz ez nion ezer esan inori.

—Argazkiak ongi daude.

—Bai, argazkiak ongi daude.

—Ba, horixe.

—Gorde duzu kopia bat zuretzako?

—Jakina. Prekauzio elementala da.

Bildosolak baietz egin zuen buruaz, ulerbera.

—Ez dadila probintziatik atera –berriz ere diskreziorako deia.

—Ez da aterako, egon trankil. Nire barrabilak babeste aldera gorde ditut kopiak, ez hortik zehar pregoilari ibiltzeko.

Bildosolak berretsi egin zuen lehengo keinua.

—Justua da. Sozioak gara, azken batez.

Hara! Orain bai, orain aski zintzo, aski justu, aski prestu nintzen beren saldokoa izateko, antza.

—Hitz egidazu Daniel Ursua horretaz.

—Kabiar Almas famatuaren inportatzailea da. Kabiar oso arraro honen jatorria Kaspiar itsasoko esturion Beluga albinoarengan dago. 29.000 euro kiloko.

—Produktuaren sukaldaritza, horra. Nik beti defenditu dut produktuaren sukaldaritza.

Ursua mexikarra omen zen, Mexikora 36an alde egindako euskaldunen semea. Oso sinpatikoa omen zen, eta diruz okitua omen zegoen.

—Zuk zerorrek gorde dituzun dokumentuen argazkietan ikusten den bezala, Pedrotegiren enpresa guztietan zeukan partizipazioa; handia, beti, nagusia ia gehienetan. Sotolanak wine store horretan bezala. Ulertzen duzu orain zergatik esan zizun bekadunak neska hura, somelierra, enpresak bidali zuela beste toki batera, eta ez Pedrotegik berak?

—Gutxi gorabehera. Ez ditut argazkietako dokumentuak osorik eta arretaz aztertu.

—Jatetxe batean, bodega oso garrantzizkoa da. Oso garestia ere bai, baina. Eraikitzeko lurrak eduki duen prezioan, metro koadroak dirua esan nahi du. Baina, horretaz gain, ehunka edo milaka erreferentzia gordetzen duen bodega batean, badakizu zenbat diru dagoen *lo*, inbertitua, baina efektiboa egin ezinik? Jo ezazu jatetxe handi baten aurrekontuaren ehuneko hamar-hamabost finantzazio-gastuak direla. Luxu handiegia da, baldintza horietan, bostehun mila euro edo milioi bat euro bodegan lurperatua edukitzea.

—Sotolanak wine store hori, beraz, ardo-banaketan ari den enpresa da.

—Halako zer edo zer. Enpresak eskaintzen die jatetxeei, bezeroei, alegia, ardo-karta ia amaiezin bat; hortik, jatetxe bakoitzak bere bodega osatzen du, zerbitzuagatiko kuota bat ordainduta, baina beste gasturik gabe; enpresa da inbertsioari aurre egin eta ardoa uzten duena bodegan. Gero, hiru hilabetean behin, kontuak egiten dituzte, saldutako botilen arabera: botilaren kostua kenduta, banatzaileari % 70, jatetxeari % 30, botilaren kostua deskontatuta. Liburu-dendetan bezala, gutxi gorabehera.

—Beharbada negozioa izango da, baina inbertsio itzela beharko du.

—Horretarako zegoen Ursua. Ursuak Pedrotegiren ideiak finantzatzen zituen.

—Ez zen finantzatzen zuen bakarra, antza. Alderdi politiko batentzat donazioak ere egiten zituen, eskuzabalak, legeak onartzen duenaren muga-mugan, ikusi ahal izan dudanez.

—Batentzat diozu?

—Batentzat, batez ere.

—Horrenbeste badakigu. Baina ez batentzat bakarrik.

—Ez da komeni arrautza guztiak saski berean, ezta?

—Zuhurtzia zer den, e?

—Zuhurtzia? Haren defentsa-sistema guztiak aski irrigarriak iruditu zitzaizkidan. Ni bezalako alproja bat hark jakin gabe etxean esertzeko, eta xanpainik onena haren kopan edateko...

Bildosolak begiak zuritu zituen, nire gogoeta kontuan hartuz.

—Bai. Baina zuri ez zitzaizun burutik pasatuko hara joatea, guk bidali ezean.

—«Zuek» bidali ezean, egia.

Bildosolak barre egin zuen. Erasoa jo nuen.

—Ez al gara sozioak, ala? Ez naiz zintzoen artekoa, ala?

—Zure hitzetan esateko, Enekoitz: utikan! «Gu», gu gara. Balbino Bilbao eta biok. Zuretzat bai. Batzen gaituen sozietatearentzat ere bai.

Eta gero:

—Sekretu handiagoak edukiko ditu gordeak toki seguruagoetan.

Ez izaki aski zintzo, antza.

—Ordenagailuan? Ez naiz aditua, baina entzun dut software batek, zifratze-moduko algoritmoa eskaintzen duen bezala, berdin eskain dezakeela dezifratze modua ere. Beraz...

—Toki are seguruagoetan.

—Arrantzamendi jatetxeko txartel bat zeukan etxean.

Eta?

—Ez al da, ba, triskatu zuten jatetxea? Zer-nolako jatetxea da?

—Arrantzamendi? Klasikoa. Ona, baina klasikoa. Kostaldean dago. Arrain-kazola onak prestatzen dituzte, zartzuelak, saltsa berdeak-eta.

—Irinarekin, edo gabe?

—Kin, nik uste. Egunen batean joan eta galdetuko dugu.

Pentsakor geratu zen.

—Orain aipatu duzula, Arrantzamendikoak bolada txarra pasatzen ari dira. Bi eduki dituzte segidan.

—Bi? Nola, bi?

—Lapurrak, ganberroak, edo direnak direlako horiek sartu baino lehen, toxikazio masibo bat eragin zuten.

—Bai, e?

—Ezkontza oso bat ospitaleratu behar izan zuten. Ehun lagun inguru.

—Lotuta dago Pedrotegiren heriotzarekin?

—Auskalo. Zure ustez, nork hil du Pedrotegi?

Nitaz deskojonatzen ari zelako aire guzti-guztia harrapatzen nion. Neuk ere katxondeo pixka bat nahi nuen.

—Euskal burgesia txiki erradikalak.

—Hara! Eta hori nola da?

—Garai batean, burges txikiak urtean behin joaten ziren Pedrotegirena bezalako jatetxeetara. Han kariñoz hartzen zituzten. Honek efektu lasaigarri handia zeukan euskal burgesia txiki erradikalaren baitan: litekeen mundurik onenean ez ezik, mundurik oneneko toki aukerakoenean bizi zirela sinetsarazten zien. Orain, gauza jarri den moduan jarrita, urtebetetze egunean ere ezin daitezke joan. Baina ikusi dute, gainera, goi mailako jatetxeek aurrera segitzen dutela, burgesia txikiaren beharrik gabe. Ezin joate honek, eta ezinbestekoak ez direla sentitze honek euskal burgesia txiki eta erradikalaren balio-sistema kolokan jarri du, jeloskor jarri du, eta mendeku-gosea piztu.

—Soziologiak doktore izugarria galdu du, Lanbas: zu zeu. Sukaldean ere aritzen zara?

Harritu ninduen galderak.

—Zeozer.

—Saltsa berdea?

—Horrenbestean.

—Irinik egiten al diozu?

Barre egiten ari zitzaidan aurpegira, kabroia.

—Bai pixka bat. Zuk bezala.

—Zer iruditu zaizu langosta?

—Mito gastronomiko frankista bat. Arrazoia zenuen. Zigala, hobe.

Florindaren bi egunak egun batzuk gehiago izaten ari ziren.

Ez geunden gaizki. Goizean arrosatzen zituen arrosak, gero baratzeko belar txarrak kentzen zituen. Berezkotasun osoz mugitzen zen, deus non dagoen sekula galdetu gabe, baina dena aurkituz.

—Nola lortu zenuen etxe hau?

—Saxo-jotzaile bati esker lortu nuen.

—Ona zen?

—Ona da. Oso ona.

—Eta utzi egin zizun? Zer dela-eta?

—Buhameen karromato batzuk pasatzen ikusi zituen egunean, ezin izan zion barneko deiari eutsi, eta haiekin joan zen. Etxea alokatu zidan, itzultzen denerako baratzea ongi edukitzeko baldintzarekin.

—Bai zera!

—Gero, lekuarekin badaukat nolabaiteko lotura bat. Aitak ekartzen ninduen ziklistak ikustera, Etxauriko maldatik gora.

Zergatik izan nintzen Van Springel deitzen zen karrerista baten zale? Izenaren eufonia aho gozagarriarengatik? Lee Marvinen tankerako cowboy zaildu eta saiatuaren antza zeukalako? Ez zen onena, are gutxiago Merckx agertu zenetik, ez zen gaur esango litzatekeen antzera, mediatikoa, zipitzik ere ezagutzen ez dudan hizkuntza batean egiten zuen, non zegoen ere ez nekien herri batekoa zen.

Baina –oi misterioa!–, kitzikatu egiten ninduen izena paper gainean ikuste hutsak, karrera bat irabazi zuela entzuteak, ihes eginda zebilela jakiteak. Van

Springel, Van Springel... Hermann, ponteko izenez. Kitzikatu egiten ninduen, definitzen ez dakidan modu batez, eta sekula gehiago sentitu ezin izan dudan modu batez, Van Springelen irudi bat berripaperean ikusteak, zer esanik ez kromo batean bere taldeko elastikoarekin –Rokado, Flandria, Molteni...– ikusteak.

Aitak Etxauriko maldara eraman ninduen horietako batean, Van Springel ari zen itzuli edo karrera hartan. Nire ilusioa... Rokado taldean zegoen, elastikoa urdin argia zen, zer zenbaki zeukan ongi ikasi nuen, nahiz eta jakin ikusi eta segituan ezagutuko nuela...

Talde nagusitik pixka bat atzerago zetorren, gibela bota beharrez, nire heroia. Galdetu egin nuen, irakurri egin nuen; kobratzera eta paseatzera baizik ez zela etorri, Tourra prestatu nahi zuela, aurreko gauean parrandan ikusi zutela... Uste dut egun hartan utzi niola haurra izateari.

—Eta inguru honetan lurperatu genuen adiskide bat. Egun lainotsu bat zen. Alboka jo zuen norbaitek. Negar egin genuen.

—Ongi moldatzen zinen aitarekin?

—Tira. Haurra izateari utzi nion arte.

—Zer moduzkoa zen?

—Tipo aski normal bat, itxuraz.

—Normala? Itxuraz?

—Normaltasun guztiak itxurazkoak dira. Arrunta, nahiago baduzu. Eta zurea?

Florindak ez zuen erraz hitz egiten bere buruari buruz.

—Hamasei urterekin ihes egin nuen aita jasanezin batengandik munduko inpresentable guztiak ezagutzen joateko. Eta punpan ibili naiz ordutik.

—Punpa lasterrean edo normalean?

—Zirkunstantzien arabera. Ñakua eginda batzuetan. Bi urtez ibili nintzen Europatik zehar.

—Hamasei urterekin? Eta nola bizi zinen?

—Benetan jakin nahi duzu? Ez, ez duzu jakin nahi.

Hori tomateen ondoko lur-zatia garbitu eta gero esaten zuen, esertzen ginenean gereziak heltzera ateratako lehen eguzkiaren azpian, ardo zuri bat edaten.

Gereziak. Gerezi haiek.

—Normaltasun arrunt guztiak itxurazkoak badira, zer ezkutatzen da zurearen azpitik?

Hura galdera! Galdera batzuk ez dira hain erraz erantzuten, oroitzapenak eta esperientziak aktibatu behar dira, eta eskema koherenteetan bildu. Batzuetan, ezta horrela ere.

Nire bizitzan ikusi dudan mozkorrik handiena Austriako edo Alemaniako herrixka batean ikusi nuen, ez dut ongi gogoratzen; Linz izan zitekeen herria, edo Messkirch, Passau agian. Plaza batean eserita geunden, taberna batean, motibo mitologikoak zituen iturri baten ondoan; gauaren etorrerak difuminatzen zituen herriko eraikinen ertzak. Emakume batekin nengoen. Gure mozkorra gizonkote bizardun bat zen eta beste batekin zetorren, bigarren hura ere edanda, baina oraindik tente eusteko moduan. Ez ziren umemokoak, ez horixe, ezta eskale edo jende bazterreko eta zarpailtsua ere; aitzitik, psikoanalisi-irakasleak ematen zuten, edo orkestra sinfoniko bateko biolin-jotzaileak. Gure hordia total eginda zegoen, inguruko mahaitxoen gainean erortzen zen, basoak, platerak, botilak eta olio-ontziak kraskatuz; bere laguna azalpenak ematen saiatzen zen, bezeroei nola tabernariei. Bat-batean gizona pitoz gora jausi zen mahai baten gainean, beira eta baxera azantzaz, hilik zegoela emateraino. Mahaietan jesarrita zeuden bezeroetako askok lekua hustu egin zuten, mozkorrak uxatuta. Handik minutu batzuetara, baina, hala edo nola eraiki zen labezomorroaren posturatik eta aulki batean jesartzera iritsi zen, indarrez eta temaz helduz aulkiaren aurreko mahaitxoaren ertzari. Mozkorraren aurrean bost bat metroko pasabidea luzatzen zen, mahaitxoen artean. Ondoren kale librea eta geroago iturria. Bezero denak, edo ia denak, desagertu zirenez gero, guk betetzen genuen bere mahaiaren eta iturri aurreko espazio zabalaren arteko mahai bakarra. Nirekin zegoen emakumearen aurpegiak tentsioa erakusten zuen, eta ni ere ez nengoen hain lasai, ia ezinezkoa baitzirudien arazorik ez edukitzea halako legatz erraldoia zeukan batekin; ordea, gure hordiaren begiradak, orain jesarririk eta mahaiaren ertzari atxikirik, kontzentrazio maximoa erakusten zuen, absolutua, guri batere kasurik egin gabe, aurrean hedatzen zen mahaitxoen arteko pasabide estua nola zeharkatu aztertzen arituko balitz bezala. Bizardunaren nahi supremoa tarte hori inori traba, enbarazu edo oztoporik egin gabe zeharkatzea zen, eta prest zegoen ahaleginik bortitzena ere egiteko hori lortzeko, garbi zegoen. Alimaleko sastarra zeukan, hor ez zegoen dudarik, baina hala ere horrek ez zion galarazten nolabaiteko kontzientzia bat. Nik galdetu nion nere buruari zerk bultza zezakeen hura bezalako gizon itxuraz normal bat egoera horretara, eta okurritu zitzaidan erantzun bakarra izan zen existentziara, listu-gorro bat bezala, bota izanaren kontzientzia bortitza zeukan baten neurriko mozkorra zela hura, antropologia existentzialak sortutako angustia eta ezinegon guztia ezin eramanik emango ziola edateari, hamabostean behin; harena, hitz batez, beste ordena, beste kategoria bateko hordialdia zen: metafisikoa behar zuen izan, eta Heideggerren jarraitzaile batek baizik ezin harrapa dezakeen tamainakoa.

—Ni aski kezka existentzialik gabeko mozkorra naiz.

—Hortik Lanbas?

—Bai. Ez. Ez dakit.

Gure hordiak, azkenik, jaikitzeko eta tartea zeharkatzeko aski indar bildu zuen; urrats luzeak eta, harrigarriro, zuzenak eginez, soin-enborra asko goratu gabe –kasik Groucho Marxen ibiltzeko modua imitatzen zuela zirudiela–, zeharkaldia burutzea lortu zuen, eta ez zuen mahaitxo edo aulkitxorik, are gutxiago gu, ukitu; baina terraza zeharkatu eta zabalera iritsi zenean, oreka-indarrek huts egin zioten eta ziplo erori zen, espaloiaren aurka estropezu eginez, eta handik iturriaren txorrotetako baten azpiko ur-ontzira jausiz.

Brujasen ikusi nuen, edo Ganten, Flandriako arma-trafikatzaile batekin elkartu nintzen batean, beste mozkor total horietako bat, bizitzeagatiko hersturak sortu etsipena ahazteagatik edango zuena, edo *nia*ren toles eta pleguen artean ezkutatzen diren munstroek ematen zioten ikara gainditzeko. Taberna batetik aulkiak bota ahala atera zen, 110 metro hesidunetako lasterkari trakets bat bezala. Brujasen, bertako zerbezak filosofo zentroeuropar baten teoriaren konsistentzia dauka, bokadilloan jateko modukoa da. Ez dakit nola ez diren oraindik konturatu goi mailako sukaldariak.

—Eta zu hamaseirekin joan zinen aitaren etxetik?

—Haurdun negoen.

—Hamasei urtez? Zer egin zenuen?

—Abortatu, jakina.

—Martiartu azken inpresentablea da?

—Azkenetarikoa.

—Ni naiz azkena, alajaina. Jakina.

—Auskalo.

Zuri botila bukatzen bazen beste bat edaten genuen; ez beti, batzuetan bakarrik. Tomateen ingurua azkenerako aski garbi zegoen. Eta letxugena. Eta kalabazinena. Eta tipulena.

Nik eskuak altxatzen nituen, zerura:

—Neguan hotz daukagu, eta berogailua behar dugu; udan bero, eta aire girotua. Hogeita hamazazpi gradutik hamarren gutxi batzuk gora eginez gero, gaixotzen gara, hogeita lau ordutik zortzi atsedenean pasatu behar ditugu, gose gaudenean ez dago agoantatuko gaituen ama-semerik, txizalarria edukiz gero komunerako lerroan aurrean dagoena bultzatzen dugu, besteren gorputzak indarrez hartzen ditugu hazia isuri nahi dugunean, eta abar eta abar. Eta espiritualtasunaz hitz egin nahi didazu?

Keinuera berezkoa zuen, ez zen trabatzen berea adieraztean, itzulinguruak eta makuluak neurriz erabiltzen zituen, eta egoki, inpresentable horietako baten batekin hizketaldi luzeak edukitakoa izango zen. Eta ordu batzuk pasatua izango zen, doike, inozoen gogamena inprobablekeriekin nahasten.

—Ez al da espiritualtasunaren deia oso indartsua izango, halako izaki mendeko, mugatu eta ahulak, hala ere, horretarako toki bat gorde nahi duenean?

—Hara! Bekatari handi guztiek moralista handi bat gordetzen dute euren baitan.

—Zer edo zeri eutsi behar zaio.

—Espiritualtasunari? Bai, noski: gizakia, ente ahul eta anparogabe hori, hala ere, arimaren adierazpen gorenak gauzatzeko gai da. Piramideak, Partenoia, sinfoniak... pintura, musika, arkitektura, literatura, haien obra gorenek erakutsiko lukete gizakiarentzat oraindik badela esperantza bat. Ba, ni Mozarten musikak erlaxatzen nau kutxa gotor bat ireki nahi dudanean.

—Seropositiboa naiz.

Atzera egiten dut denboraren tuneletik eta interneten begiratzen ditut haurtzaroko izen horiek. Van Springel zelako nire heroia, baina bazeuden beste batzuk: Gerben Karstens, Guido Reybroeck, Marino Basso, Franco Bittossi, Walter Godefroot... Dagoeneko inork gogoan ez dituen karrerista horien irudi zaharkituak ikusten ditudanean usain zaharrak eta sentsazio bitxiak berreskuratzen ditut, xamurtzen naiz, negar egiteko gogoa izateraino. Nork gogoratzen du Televizier Batavus taldea? Nik ikusi nuen, baina, Televizier Batavuseko karrerista bat audientzia ondoko malda jaisten, Navas de Tolosako helmugara lehena iristeko, Van der Vleuten izango zen, edo agian Karstens bera. Van der Vleuten... Nork dauka gogoan Van der Vleuten?

Zer urruti zauden, Van der Vleuten.

Hemengoak ere maite nituen; Momeñe (ez dakit Popeye izenarekin daukan antzekotasunarengatik ote den edo, baina lehen etortzen zaidan izena horixe da), Gabika, Uriona, Otaño, Perurena handia, eta nolabait haren segidakoa jo litekeen Miguel Mari Lasa ere, Carlos Etxeberria ahaztu gabe, zeinari buruz kontatzen baitzen behin trafiko-seinale bat jo zuela buruz; lurretik jaiki, biraoa bota eta segitu egin omen zuen lasterka, seinalea mailatuta utzita. Baina hauek denek, gero Fuentek kontatu zuen bezala, eta kontatu zuenarengatik, lasterketa gutxi irabazten zuten kanpoan. Kanpokoek beste distira bat zeukaten.

Halako batean Iruñera joan behar izan genuen, kondoiak bukatu ziren-eta. Espiritualtasun hutsa. Bizitza zakilaren puntan ipinitako goma-zati baten mende dago. Baina okerragoa behar du izan leherkari baten gainean eserita bizitzeak, noiz zartatuko. Bai, jada ez dela ia inor hiltzen honengatik. Bai, baina, zera... Hara, bere zoritxarra nire *zoritxorra* zen. *Zoritxorrez.*

Zuriak zuri, azaldu zidan bere gaitzarekin loturiko *folletina.* Zorte txarreko kasua zen, erosten dela konturatu gabe erosten den loteria horretan txartel okerra atera zitzaion. Sinetsi egin nion. Batek sinesten du, edo ez, eta hor senak agintzen du. Bizitzaren bukaeran, egon nahi zuen tokian dagoenari gutxitan egin dio huts, senak. Urte batzuk falta nituen –ondo bidean ere, ez hainbeste, horratio– bizitzaren bukaeran egoteko. Nahi nuen tokian nago, ia-ia, salbu eta lan egiteko morrontzatik askatu gabe nagoela, artean.

Eta horrek, pentsatzen hasita, porrotaren aitorpen baten antz handia dauka. Beraz, fio ninteke, esan nahi dut, fio ninteke nire senaz?

Neurri batean. Dena izaten da neurri kontua.

Hainbeste aldiz engainatu naute. Zer inporta du beste behin gertatzeak? Autoengainuaz aparte.

Askoren meritu bakarra, beren porroten ostean bizirik irautea da, esan ohi da. Iraintzeko asmoz. Irain bat den, ez nago hain seguru. Bizirik irauteaz haratago, zer dago?

—Zer ezkutatzen da zure normaltasun itxuraren azpitik?

—Nork bere gezurrak sinesten dituen adinera iritsi den gizaseme bat. Baina beroriek kontatzeaz aspertu dena.

Eroski handiko botikan geunden, ez nion begirik kentzen sekula falta ez diren horien bikote bati.

Hurreratu zitzaizkidan, botikariak Florindari kasu egin zionean.

—*Ramírez, tu turno.*

Ez nindoala haiekin egin nien, gorputzez eta asmoz.

—*¿Quieres asustar a la señorita?*

Memelo halakoa.

Florindak erreflexu onak zeuzkan, eta kearena egin zuen.

Haiekin joatea beste erremediorik ez nuen izan.

Lehenagoko polizia berbera zen aparkalekuan zegoena.

—Bilboko parkean elkarrizketatu zenuten morroi hura atxilotu dugu.

—Horri esaten zaio baliabide publikoak alferrik galtzea.

Sentitu nuen, zerbitzu eskasa egin genion bekadunari.

—Zuk uste? Detenituek harremanak zituzten euskal ezker erradikalarekin. Txalotu egingo gaituzte, hiru astez.

—Badakizue ez dela bekadunen kontu bat izan.

—Zer moduz Ursuaren etxean?

Polizia hark azkar *berrasmatzen* zuen bere burua.

—Zertaz ari zara?

—Ezer interesgarririk? Imajinatzen dut: paperak, enpresen eratze-aktak, akzioen salerosketak, jabetza-tituluak, notarioen aktak...

—Zoaz eta ikusi.

—Joango nintzen, ez pentsa, joango nintzen aspaldi. Baina eskuak lotuta dauzkat...

Poliziaren morroietako batek Florinda zekarren, besoa bizkarrean tolestuta. Florindak oihu egin zion, askatzeko eskatuz, iraindu egin zuen.

—... eta beraz, Ursuaren etxera joan denari galdetzea baizik ez zait gelditzen.

—Solta ezazue neska. Ez diozue zertan minik egin.

—Min, nori? Puta honi? Hiesdunari? –morroiak.

Florindak irain ez nolanahikoa bota zion.

Poliziak askatzeko agindu zion morroiari, bakea egiteko.

—Aski. Ramirezek arrazoi du, orain bortxa sobran dago.

Florindak eskumuturra igurzten zuen, minezko keinu bat aurpegian zuela.

—Ursua horren etxean egon izan banintz, eta deus ikusi izan banu ere, ez nuen ezer ulertuko.

Esku batez keinua egin zuen, irudimenezko euliak ohilduz.

—Fabian Fonseca inspektorea naiz. Zerbaitek esaten dit gure artekoa ez dela oraindik bukatu, Ramirez. Eta alferrik ezkutatuko zara, hurrena Carrefourrera bazoaz ere.

Alde egiteko zeuden.

—Baina zer diot. Zuk boikota egingo diezu frantses produktuei, ezta?

Bere jendeari ari zitzaion. Algara artean urrundu ziren.

Guk autoan sartu eta etxerako bidea hartu genuen, erosketekin.

—Erosi dituzu kondoiak? Ez dira izango fruta-tropikalen gustua daukaten horietakoak, ezta?

—Kontuz, gero. Ni ez dut tortolatik edozer sartzen –eta aurrerago:

—Zertara etorri da azken komentario hori?

—Zer komentario?

—Frantses produktuen kontu hori.

—Ezagutzen nauela esan nahiko zuen, igual.

—Ezagutu? Azal ezazu hori.

Hor konpon Florindak zer kontatu nahi zidan bere bizitzaz. Nik ez nuen ezkutatzekorik. Ez hori, behintzat, aski ezaguna baitzen.

—Hiru aldiz egon naiz kartzelan. Lehena, Estatuaren aurkako jardueretan nahastuta izateaz akusatuta.

—ETAkoa izan zara? Hara!

—Zu jaio baino lehen izan zen. Atentatuak lantzaz egiten zirenean.

—Eta bigarrena?

—Urte batzuk geroago. Iruñeko katedralean kaliza bat eta beste huskeria batzuk lapurtu genituelako.

Gai horrek egarria ematen dit.

—Joango gara gintonik bat hartzera?

Okurritu zitzaidan, bioi lasaitzea komeni zitzaigulakoan.

Saihesbidetik hartu beharrean, Donibane auzorantz hartu nuen. Tanatorioaren ondoan dagoen taberna bat aukeratu nuen.

—Oso erromantikoa.

—Ez naiz fio. Hemendik, aldiz, jende asko pasatzen da, inor ez dago lekuz kanpo, eta inork ez du galderarik egiten. Tira, eta eginez gero galdera bakarra egiten du.

Bi gintonik eskatu genituen.

—Gainera, hemen ez diote zikinkeriarik botatzen gintonikari; ez kardamomorik, ez mendarik, ez pistatxo-hazirik, ez urrinik eta ez ezer.

—Eta hirugarrena?

—Hirugarrena, zer?

—Kartzelan egon zaren hirugarren aldia.

—Frantses batzuek engainatu ninduten. Pintura ospetsu bat faltsutu nahi genuen.

—Orduan ez zara egon hirutan, lautan baizik.

Beharrik ez nion esan beste batean marihuana etxean landatzeagatik atxilotu nindutela, azkenean aske atera banintzen ere.

—Azken hau, hain izan da laburra, ez dut kontatzen.

Behetik gora begiratu zidan.

—A ze zerbitzu-orria. Hiru aldiz... ez al da larregi?

Larregi? Pentsatzen hasita, lehen aldia historiaren istriputzat har dezaket. Ez dut esan *kasualitate, ezbehar, oker* edo *suerte txartzat.* «Historiaren istripua» esan dut. Herri honetan nor direnek ere aitortzen dute erakunde famatu haren hasiera mundu zabaleko garai hartako historiaren lerro nagusiekin bat etorri zela; gero esaten dute ez dutela ulertzen, aldiz, nolatan iraun duen hainbeste. Ahantzi bide dute, nonbait, gauetik goizera, eta interesatuki, agi denez, errepresioaren historia luze, lotsamangarri, antidemokratiko, justifikatu gabe eta aski berezi gabeko batek eragindako kaltea. Baina hor konpon, *c'sont pas mes oignons,* frantsesek esaten duten bezala, ni 82an kopoi bat lapurtzeagatik nengoen kartzelan. Ez dut ukatuko ni bezalako batentzat bigarren aldi hori zuritzeko tentazioa handia dela, *stablishment*eko zutabe baten aurka, eliza-hierarkiaren aurka, alegia, jo nahi nuela esanez, esaterako; halaber, hirugarrenean, Toulouse-Lautrecen koadroa faltsutu nahian harrapatu nindutenean berdin esan nezakeen kapitalismoaren oinarria eta funtsa osatzen duten merkatuei eraso egitea zela nire asmoa, arte-espekulatzaileen aurkako akzioa zela. Baina ez naiz saiatuko nire curriculuma hainbesteraino edertzen, eskola pixka bat eta aitzakia historiko bat dauzkan batentzat errazena izanik ere. Kulturak dena justifikatzeko alibiak eskaintzen ditu, ez da harritzekoa, horixe baita bere zeregin nagusietako bat, kultura asmatu zenetik; are, horretarako asmatu zela pentsatzeko aski arrazoi dago. Nork daki, kulturara hurbiltzeko beti egin izan dudan ahaleginak, ausaz, horretan edukiko luke oinarria, egiazko motor ezkutua. Hortaz, ez zen erabat-erabat egia kezka existentzialik gabeko mozkorra nintzelakoa. Beharbada zehatzagoa zen esatea kultura-kezkak edukiagatik, beroriek ez zirela sekula serio eta errespetagarriak izateko behar zen mailara iristen.

—Eta ez dute bakerik ematen, e?

Florindak poliziengatik esango zuen, baina kezkengatik esan izan balu ez zen erratuago ibiliko. Gintonik basoaren hondoari begira geratu nintzen.

—Ez, antza.

—Eta zer nahi dute?

—Ez dakit. Ezaguna izatearen desabantailak. Batzuetan pentsatzen dut dena dakitela, eta ni gogaitu baino ez dutela nahi; beste batzuetan, ez dakitela ezer eta nik zerbait esan zain daudela. Zu ere ezagutzen zaituzte, itxuraz.

—Ni nazkatzen ibili ziren, baita ere. Ikaratu egin ninduten.

—Ederki. Bi baten prezioan. Gasolinan ere ez dute gastatu beharrik, gu harrapatzeko.

Hiru kartzelaldi. Hala ere, hiru egonaldien artean ere, ez zen iritsi zazpi urtera barruan pasatako denbora. Horrek esan nahi du nire denboraren ehuneko ia laurogeita hamarra libre ibili naizela. Libre, esate baterako. Hiru aldiz larregi? Bai eta ez. Lapurrarena ez da, beste ofizio batzuekin alderaturik, oso bestelakoa. Enpresa batean, edo administrazioan, langile batek eduki ohi duen ibilbidea hartu: aurkituko dituzu finak, alferrak, ongi prestatuak, aprobetxategiak, arribistak, txuloak, apalak, konformaerrazak, entxufatuak, entxufatu-ohi defenestratuak... Keria eta tasun horien guztien erresultanteak, gehi zorteak, markatzen dute langileak enpresan edo administrazioan egingo duen ibilbidea. Lapur baten kasuan, berdin. Baina edozein kasutan, ibilbide hori besteekin, besteen alde edo kontra eta besteekiko egiten da, eta bakarka ibili-zalea da fakturarik handienak ordaintzen dituena. Lapurren artean berdin; ez bazara mafia edo talde batekoa, edo norbaiten laguna... Inor gaztea deneko gandor-erakustaldiak eta potrobikokeriak laster apaltzen dira, zentzua nagusitzen da; eta zentzua nagusitzen ez denean, egunkarietako gertakari-orriak daude zain: «Harresi pean aurkitua, hilik»; «Autoarekin urtegira amildu zen, istripuz»; «Labanaz zauritua, larri, ustekabeko borroka batean». Eta abar.

—Ez naiz Robin Hood, Flori.

—Zer esan duzu?

Zerbait sentitu nuen bizkarrean, ipurditik gertuago lepotik baino. Zerbait gogorra. Baina itzuli nintzenean kokospeko bizarra zeukan gizon txiki samar baten irribarre koipetsuarekin egin nuen topo.

—Elkar ezagutzen al dugu?

Galdetu nuen, oilar plantan, bizkarra ukitzeko erabilitako tresna pistola bat izanik ere ez nintzela kikilduko erakusteko. Txikiak beste morroi bat zeukan atzean.

—Ez, egia esan; baina une ona izan daiteke elkarren ezagutza egiteko.

Tipo hori ez zegoen bakarrik. Beste lagun bat zeukan berarekin, ezkutari. Bikoteak ondoko tanatorioko beila-gela batera sarrarazi gintuen, itxuraz une hartan zerbitzurik ez zeukan batera.

Iruñean bat ez dago erabat hilik bere eskela *Diario*n agertzen den arte. Urte askotako dedikazioa, eta gurutzada bat edo beste, behar izan dira heriotzaren gaineko menderamen honetara iristeko. Eta heriotzaren zenbait funtzionarioren laguntza. Ama hiltzen zaizu, demagun, edo maite duzun norbait, eta, uneko emozioak alde batera utzirik, pinuaz edo gereziaz eta koroaz landa, eskela non argitaratu nahi duzun erabakitzen duzu; eta aukeratzen dituzu, demagun, hiru egunkari, norberak nahi duelako munduak jakin dezan obitoaren berri. Eta aukeratzen dituzu eskuin moderatuaren, ezker erradikalaren eta ez eskuin ez ezker ez erradikal ez den beste bat –baina ez *Diario*–, aski delakoan informazioa mundutik barreia dadin; eta orduan heriotzaren funtzionarioak, eskela saltzaileak, alegia, tanatorioan bertan, ongi ulertu ez balu bezala, esaten dizu:

—Hiru horiek... eta *Diario*, ezta?

Eta zotinen eta negarren artean esan behar diozu ezetz, ez duzula eskela *Diario*n paratu nahi, eta segitzen duzu pinuaz eta gereziaz eztabaidatzen (nahiz erreketaren aldekoa izan, guztiz), hildakoaren borondatearen errespetuz, eta tratu funebrea ixtear dagoela dirudienean, ostera berriz saltzaileak:

—Orduan, azkenean, *Diario* ere bai, ezta?

Ahoaren parean erabiltzen ari zaren mukizapia une batez apartatzen duzu, tipoari begiratzeko, zuzen begiratzeko, begietara begiratzeko, ea gorra ote den eta ez zaren ordura arte konturatu, eta berritzen diozu ezetza, eta bizkarra eskaintzen duzu beste inoren negarraren pausaleku, edo negarrez segitzen duzu beste inoren bizkarra urmaelduz, hildakoaren oroimenez, noski, baina Argentinako lehengusuari, herriko izebari eta zenduaren koinatu jasanezinari pertsonalki deitu behar diezula gogoratu duzulako ere bai, eta negar, zotin eta mukien anabasa haren erdian zaudenean hor entzuten duzu berriz ere, susmagarria iruditzen hasi zaizun setaz, zorrotzailearen flauta baten temaz:

—Beraz, *Diario*...

Orduan, delikadezia guztiz, ordura arte *debrazete* eraman duzun izeba zahar eta osasun ahulekoa beste ahaide baten besotik eskegitzen duzu eta matraka-emailearen aurrez aurre jartzen zara, emozioen joan-etorria disimulatzeko erabiltzen dituzun betaurreko beltzak kentzen dituzu, hildakoak paper horri zion herra gogoratu, paparretik heltzen diozu, eta oso-oso argi uzten diozu ezetz, ez duzula nahi eskelarik *Diario*n, are, egingo zenukeen azkeneko gauza, bizitza honetan, *Diario*n eskela ipintzea litzatekeela, baietz, ongi pentsatua daukazula, berak jartzeko eta jartzeko esateko daukan adina tema eta adina motibazio daukazula zuk ez jartzeko, eta bakea emateko, mesedez, edo bakea emateko, ez mesedez, baina muturrekoka hasterik nahi ez badu.

Kokospeko bizarra zeukan gizon txikiaren aurrez aurre jarri nintzen, beraz:

—Hau dena eskela *Diario*n ipin dezadan baldin bada, alfer-alferrik ari zara.

Gizon txikiak nikotinaz tindatutako hortzak, elkarrengandik aski bereiziak, erakutsi zituen, marrazki bizidunetako zakurren baten irribarrea imitatu nahiko balu bezala.

—Bost axola niri zure eskela non agertuko den –keinua egin zion laguntzaileari–. Misha.

Misha deiturikoak Kaukasoko hartz baten antza zeukan. Salbu eta Kaukasoko hartz gehienak txikiagoak omen direla.

Misha aurreratu zen. Ordura arte erreparatu ez banion ere, zeramikazko ontzitxo bat zeukan esku artean.

Txikiak bere laguntzailea seinalatu zuen.

—Behar bezala txupatu ez zioten azken aldian, putiklubari su eman zion. Ezta, Misha?

Misha deiturikoak irribarre piromano batez erantzun zuen. Ontzi txiki bat zeukan esku artean. Inguruotan ez zen halako armairurik ikusten Koplowitz arrebek Portland-San Antonio eskubaloi-taldea diruz laguntzeari utzi ziotenetik.

—Eta hauek dira putiklubeko nagusiaren azken hondarrak. Ireki, Misha.

Gizontzarrak ontzitxoa ireki eta putz egin zidan muturrera. Aurpegia hautsez estali zidan.

Txikiak *mortadela* egon ohi den gelako leihoa estaltzen zuen pertsiana zabaldu zuen.

—Orain hutsik dago.

Txikia poliki mintzatzen zen, gaztelaniaz noski, eta aski tonu neutroaz; ematen zuen prekauzioak hartzen zituela azenturen batek sala ez zezan. Mishak ez zuen deus esaten, aski zuen egotearekin, krudelkeriaren eta ergelkeriaren artean kulunkatzen zen irribarre harekin.

Florindak lurrera begiratzen zuen, duelu hartan ahaide urrutiko baten laguna baizik ez balitz bezala.

Biok isilik geunden.

—Hutsik dago, ezta?

Premiatu gintuen, gure lankidetza behar-beharrezkoa balitz bezala begi-bistakoa zena baieztatzeko.

Baietz esan genuen, gaizki portatu diren bi haurrek bezala, irakasleak errieta egiten dienean, ironiarako kemenik gabe. Surrealista zen, eta umiliagarria.

Aldameneko gelatik, zortzi zenbakidunetik, oker ez banago, halako zurrumurru sor bat entzuten zen, abadea errespontsua errezatzen ari balitz bezala; eta beharbada hala zen.

Gandorra erakutsi nuen, gandorra erakustea tokatzen zelako. Txikiari hurreratu nintzaion, oldarkor.

—Ze kristo gertatzen da hemen, jakin badaite...?

Bukatu baino lehen Mishak paparretik heldu zidan, kasik airean jartzen ninduela, esfortzu handirik gabe, nahi izatera lurretik altxatuko ninduela ikus nezan, 80 kilo naizen arren.

Oilartzea taktika bat da, batez ere. Ez beti taktika egokia, horratio. Atzera egiten jakin behar da.

—Ondo da, ondo da...

Lasaitasuna eskatu nuen eskuez, gramatikaltasun handirik gabeko esaldi-zirriborroak ahoskatu nituen. Perilladunak seko moztu zuen.

—Ez sartu sudurra Mariatxiaren gauzetan.

Hurbildu zitzaidan, hatsa sentitu nion arte.

—Ulertu duzu?

Bultzatu egin ninduen, erdeinuz eta harrokeriaz. Txiki hark ez zeukan ostia erdirik ere, baina egiten utzi behar, zer erremedio.

—E? Ulertu duzu!?

Abisua eman behar nien gelditzen zaizkidan lagun gutxi horiei, nire eskela *Diario*n ez jartzeko. Ofizialtasunik gabeko heriotza *ofizioso* bat aski izan behar da berpizte orokorraren egunean lehenetarikoa izateko bizitza itzultzean. Egun hori jainkoaren, genetikaren edo bosoien bidez obratuko ote den, hori gutxienekoa da.

Horrela, gainera, eskela-saltzailearekin borrokan ibiltzeak duelu-egoeratik irtenaraziko zituen, bortizki irtenarazi ere, ni hiltzean datuaz pixka bat arduratuko ziren adiskideak, eta horrela gogoratuko zuten oraindik bizirik zeudela.

*La cocina española está llena de ajo y de preocupaciones religiosas.*

Ostra dozena bat banatzen ari ginen Getariako Elkanon, Bildosola eta biok. Txakolinarekin.

—Hori nor da?

—Julio Camba. Orain beste garai batzuk dira, noski. Camba irakur daiteke, oraindik ere, bere *Casa de Lúculo* idatzi zuenetik urte asko pasatu direla kontuan hartuta. Denborak pitzatu ditu ateraldi batzuk, asko, nahi baduzu, baina badu umorezko tonu orokor bat, baikortasunezko hondo bat. Eta gainera, Cambak jakinaren gainean idazten du, ez kontatu diotena edo irakurri duena. Epikuro txiki bat da, baina, umiltasunez, ez du besterik erakutsi edo sinetsarazi nahi. Gaurkoak askoz ere eskasagoak dira. Kritikariak, noski. Garaien kontua izango da, jakina. Begira, begira.

Hau esan eta egunkari bateko ebakina jarri zidan mutur aurrean. Zati bat azpimarratuta zegoen.

—Irakurri, irakurri, gaurkoa da eta.

Irakurri egin nuen: «*Fulano, cocinero que anda trastocando conceptos, posee un talento desmesura-*

*do. Antes del verano conseguí entrar en las cocinas de su restaurante* XXX *para ver como elaboraba su lenguado en una falsa romana, sin rebozo, sin harina ni fritura en aceite. De entrada prepara una marinada hirviendo vino chino, vinagre rojo de arroz, anís estrellado, ñoras y pimientas de Sechuan con un 20% de sal. Introduce los huevos en el líquido ya frío y los deja marinar 45 días...»* eta abar eta abar.

—«*Introduce los huevos*»?! Zer *huevos*!? Noiz aipatu du, aurretik, arrautzarik? Aipatu du «*el cocinero que anda trastocando conceptos*», baina arrautzarik? Nondik atera dira arrautza horiek? Norenak dira?

Gaztelaniazko testutik abiatzen zen, noski. Amore eman behar izan nuen. Diglosia alua.

—Arrazoi duzu. Hala azalduta, arrautzak sukaldariarenak baizik ezin daitezke izan.

—Cambak gustura egingo luke barre, gaur egun, alproja hauen kontura. Aldiz, beste zahar bat, beste betiko bat, Alvaro Cunqueiro, jasanezina da, umore *kutre* eta prejuizioz beteriko baten estalkia baizik ez den bere alferreko erudizio horrekin guztiarekin: «*Hasta un judío fue cocido en vino en Wurburgo, adobado con un par de tocinos*». «*Una tarde de abril pisó la viuda una hierba muy fuerte y pasó que quedó más de un mes embarazada sin saber el por qué*». «*Historiador polaco hubo que, en elegante latín de Cracovia, acusó a los caballeros teutónicos de comer niños lituanos en compota de manzana*». «*Yo he sido compañero de mesa de unos negros bongobazongo que se exhibían en la exposición colonial de 1935, con anillos de marfil y de latón en la nariz y las piedras blancas incrustadas en las mejillas*». Egiazko kakatza bat, afruskeria erabatekoa. Eta gainera, beti *excatedra*: «*Las mejores salchichas germánicas son, sin lugar a dudas, las hanseáticas*». Guztiz *infumablea*.

—Hori euskaldun batek idatzi izan balu, Madrilgo prentsak...

—Orain esan duzu, adiskidea. Baina ez pentsa, euskaldun bat izan zen, honelako gauzetan sartu zena, Arrue izenekoa, eta horrek ere perla ederrak utzi zituen idatzita: «Olagarro txapelketa antolatu zen halako herrian, eta bukaeran, epai-mahaietako batek bere hitzalditxoan esan zuan: "Emakumeak eta olagarroak, zenbat eta gehiago jotzen diren, orduan eta xamurragoak gelditzen dira"». Eta horrelakoak.

—Hor dago soziologo edo etika katedradun espainiar batek tesia egiteko gaia...

Zenbat eta lotsagalduagoak izan, gehiago omen dakite etikaz. Pulpitutik aritzen dira, AHT edo horrelako azpiegitura handi batean mailu pneumatikoaz ari diren langileak baino ekinago, aldarriak eta proklamak egiten, eskua bete ahala lapurtzen ari diren *xuriei* buruz mutu, ordea. Eta nahiago, nire eldarnio demagogikoa baino ez balitz.

—Baina Arrue hori erregimeneko zentsorea zen, karlista zaharra. Asteasuko beltza deitzen zioten. Ez pentsa, hau ere utzi zuen idatzita: «Jaki gutxi dira inolaz ere otarraintxoak bezain onak. Baina garesti baitaude, askok, beren ordez, karabineroak jaten dituzte. Santa Krutz apaizarekin gerratean ibilitako baten semea dan gure adiskide batek ere, hau bera egiten du. Eta jatetxeetara joaten danean, honela eskatzen ditu: "Karabineroak Endarlaza erara!"».

—Jesus ene! Ahaidetasunaren seigarren mailarainoko ondorengo guztiak kartzelara! Nola liteke?

—Erregimenekoa zenez, barkatuta dago. Erregimenekoa zenez, halaber, inor ez da etorriko haren memoria errebindikatzera. Eta horrela, batzuek eta besteek merezi duen tokian daukate, ahanzturaren zulorik beltzenean, ni bezalako gastronomia kritikari umil baten jakin-minaren ikerketa gai baizik ez.

—Ez dirudi berarengandik asko ikasi duzunik.

—Ez eta bai. Jakin nahi duzu zer menu zerbitzatu zen Satrustegi euskaltzain izendatu zutenean?

—Nire eskuez hilko nuke, jakitearren.

—Honako hau: Oilo-salda. Amuarraina urdaiazpikoarekin. Aratxekia baratze belarrekin. Oilaskoa onddoekin. Entsalada. Bizkotxa ta karroin opila. Ardo zuria eta gorria. Xanpaina. Likoreak. Kafea.

—Menu hobeak jango zituen gerora.

—Baliteke. Baina karroin opila, 69an...

—Ze kristo zen karroin opila?

—Tarta izozturen bat, nik uste. 69an benetako gutizia behar zen izan.

Zigala eta legatz-bixar inpekable batzuk pasatu ziren gure mahaitik. Mero platerkada bana ekarri ziguten. Txakolina ura bezala isurtzen zen eztarrik behera.

—Hortik Bazkaltzaindia.

—Bai, zuk esan, zulo hondobako horrek! Hori txiste txar bat da.

—Egia. Ez nuen nahi txiste bat egin, dena den. Herriak ipini dion izena gogoratu nahi izan dut, besterik gabe. Txisteak, txarrak badira ere, euskaraz egiten saiatzen den herriaren zatiak, zati urriak, alegia, Euskaltzaindiak babesten ei duenak, ipini dion izena.

—Ez du herria babesten, hizkuntza baizik.

—Gogorarazi behar da? Izaki bat ez daike hezur hutsez osa, herria da gorputza, hizkuntza bihotza, eta abar. Majaderia horiek, badakizu.

—Kritikoa zara.

—Euskaltzain gehienak, zuzentzaileak, eta gramatikariak oro har, obrak ikustera joaten diren erretiratuak bezalakoak dira: akatsak ateratzen trebeak; baina etxea eraikitzen duena langilea da. Zoritxarrez, erretiratuek baino aise botere handiagoa edukitzen dute gramatikariek.

—Jakina; haiek proiektua izenpetzen duten arkitektoak dira.

—Zuk uste?

—Zuk izenaren gaineko txistea beste era batera egingo zenukeela, alegia.

—Baliteke. Baina nik zerbait egitera, jada ez zen txiste-asmoz izango. Gaitik ateratzen ari gara, ordea. Tratu bat egin genuen, eta bazkari hauek tratuaren parte direla esan daiteke. Alegia, nik ez dudala diru publikoetatik bazkaltzen, gero hiztegiak 40 eurotan kobratzeko. Informatikak egin dituen aurrerapenekin, gainera.

Okerra, oker handia, nire aldetik. Ordura arte, nire irudiz, Bildosola defentsan aritua zen elkarren arteko esgrima-saio moduko solas hartan. Orain erasora pasatzeko prest zegoen.

—Tratua aipatu duzunez...

Orain niri egokitu defentsa-lana.

—Eta? Ez dut bete, ala? Ursuaren etxean sartu nintzen, delitu bat eginez, zuek agindu didazuelako.

—Lasai, Lanbas. Orain zintzoen armadakoa zara.

Bai, zera. Aingeruen tropelekoa.

—Polizia batek panpina baten moduan erabiltzen nau nahi duenean. Lehengoan ipotx nazkagarri batek aurkeztu zidan txiki-txiki eginda utziko nauen giza erraldoia. Ez dut bete, ala?

—Horiengatik ez kezkatu. Txikia mexikarra da, bestea Europa Ekialdeko herriren bateko *sikario* bat da. Mexikarrak orduka pagatzen dizkio zerbitzuak, larderiazko erakustaldiak behar dituenean. Putiklub bat erre omen zuen.

Bildosola konkortu zen eta hurreratu zitzaidan, haginen artean geraturiko mero-hezurra ikusteko lain. Bajutik mintzatu zen.

—Lanbas, plan-aldaketa dago. Mexikora joan behar duzu aurki.

Txakolin botila bi, orain Malta bana eskuan ari ginen. Zeharo mozkortuta zegoela pentsatu nuen aurrena. Gero pentsatu nuen hori ezinezkoa zela, Bildosola alkoholarekiko tolerantzia goren graduan garatu duen horietakoa baita, nik neronek egunen eta alkoholen isurian ikusi ahal izan nuen bezala.

—Mexikora bidali behar zaitugula...

Zotz bat hartu eta esku-lanak egin zituen hagin arteko mero-hezurra kentzeko.

—*México lindo y querido, si muero lejos de ti... Guadalajara en un llano...*

Ni, katxondeoz ari zelakoan. Bildosolak hurrup egin eta tonu konfidentziala hartu zuen. Azalpenetan hasi zen, hurre, mero-hezurra jada ez zegoen hagin arteko enpastea ikusteko bezain hurre, zer diot, enpastearen amalgamaren metal astunen balentzia ikusi ahal izateko bezain hurre.

Tonu konfidentziala eta lagunkoia erabili zuen. Nik ezagutzen ez nituen izenak ezagutzen nituen beste batzuekin nahasi zituen. Berarentzat klabe moduan funtzionatzen zuten hitzak eta lokuzioak esan zituen: *eskua bizkotxoan sartu, antxoaren azken bixarra kendu arte ez etsi, maionesaren iraungitze-dataz tronpatu, tortilla aski mamitua ez izan, txitxarroa buru partetik jaten hasi...* Denak gastronomikoak, hori bai. Baina nik ez nuen kodea ezagutzen. Autonomia erkidego pare bateko lehendakarien izenak ahoskatu zituen, ez dakit zer beste esan zuen Mexikon egin behar nuena azaltzeko, pertsuasio osoz.

—Zentzu bikoitz eta hirukoitzeko gauzak esaten dizkidazu.

—Bikoitz, hirukoitz... zuk esan, Enekoitz.

Ni nahiko despistaturik ikusirik, nonbait, Adriá famatuaren azken proiektuekin hasi zitzaidan burua berotzen: diziplinen arteko elkarrizketa bat, sukaldaritza dela hizkera guztien arteko hizkuntza komuna, eta beste, bi mila bekadunen esperientzian oinarritua. Enpresentzako nolabaiteko *coaching*a, ulertu nuenez. Ekologistekin, txapuza inmobiliario batzuk direla kausa, izaten ari omen den istiluak ez nituen aipatu ere egin. Baina nonbaiten ikusi behar zen txakolinaren efektua. Eta maltarena.

—Hori ondo dago. Sukaldaritza hizkuntza komuna: bekadun hauek salmonelosia baino eskasagoak dituk, langile horiek esparragoak baino tenteago ipiniko dizkizut di-da batean, limoi hori azken tantaraino zukutu nahi baduzu furtxeta ganoraz erabili, ogi puska horiek gogortuko ditut... Mundu oso bat, aizu.

—Katxondeo gutxiago, Lanbas.

—Ez zait ezer galdu Mexikon.

—Zer nahi duk, diru publikotik bizi, Bazkaltzaindia bezala? Tratuak tratuak dituk.

Putakume halakoa.

Beste bi malta eskatu zituen, eta nik ongi ulertzeko moduko *poetika* batekin saiatu zen: *saltsa berdea, problemak, mandanga, marroia, zipriztindu, inorenak egin, talegoa*, eta gisakoak.

—Hortik hastea zenuen...

—Ursuak arazoak zeuzkak Mexikon, eta lagundu behar zioagu.

Fran Bildosolak operazioaren xehetasunak kontatu zizkidanean, pistola bat erabiltzen ba ote nekien galdetu zidan. Galdetu baino gehiago, nik bere baiezko ustea berrestea nahi zuen. Eta egia zen aspaldi, oso aspaldi, zerbait tiratu nuela, saiakera batzuk egin nituela pistola zahar batekin, lata batzuetara destatuz, leku apartatuan. Gutxiegi, tiratzen nekiela esateko. Beraz, ezetz esan nion.

—Gainera, ez diat arma-baimenik.

—Txo! Eta zer? Orain onen artean zaude!

Planto egiteko puntuan egon nintzen. Beharbada hobe zen beste denboratxo bat itzalean, larrua zulatuta baino.

—Ez dut ezkutatuko operazioak bere zailtasunak eta arriskuak dituela. Baina hemen ere ez duzu trankil egoteko arrazoi askorik. Poliziak pagaburu bat behar du, Pedrotegiren heriotza nori leporatu.

—Niri mehatxuka ari zara?

—Nik ez nuke hala esango. Posibilitate errealak aletzen ari naiz. Pedrotegirena leporatuz gero, saiatuko ginateke laguntzen, noski; baina zenbat denbora pasatuko litzateke zure errugabetasuna demostratu arte? Eta gauzak okertuz gero? Zure historialarekin, gainera.

Xantaia usaina zerion. Xantaia hutsa zen, hobe esan.

—Azaldu afera zertan den, Bildosola.

Norbaitek Ursua atxiki zuen, Mexikon, bere gogoz kontra.

—Gaizki-ulertu bat da, eta okerra argituko duen talde operatibo bat osatu behar dugu.

—Oso handia behar du *gaizki-ulertuak*, balazoka konpontzekoa bada.

—Pistola segurtasun neurri bat da, besterik ez. Mexiko gogorra da, txo. Kristo guztia ibiltzen da armatuta.

—Lotzen gaituen tratuaren kondizioak berrikustea exijitzen dut.

—Zer atal? Diruarena?

—Ez. Diruarena bakarrik ez.

Kondizio berriek berari ere eragiten ziotenez, Florindari kontatu nion.

—Zin egin dit bakean utziko zaituztela. Bai poliziak, baita tanatorioko *grizzly* hark eta haren lagunek ere.

—Baina nor arraio da Bildosola hori?

Ez zen galdera txarra. Nik neuk ere ez nekien. Bon, ez nekien baina aldi berean banekien. Kasino globalaren arduradun lokalen morroi kualifikatu bat.

—Inporta al du horrek, ala? Munduko parte honetan, negozioaren martxa olioztatzen eta babesten dutenen zerbitzari bat. Agintzen dutenen morroi bat. Bada halako bat, gutxienez, negozio gordinaren kopurua milioi bat eurora iristen den toki bakoitzeko. Zuri dagokizunez, zure askatasuna eta lasaitasuna bermatzeko adina botere daukan norbait. Libre zaude.

Begiak apur bat umeldu zitzaizkiola iruditu zitzaidan, baina ahoak keinu gogor bati atxikitzen zion, barrutik astintzen zuten sentimendu kontrajarrien erakusgarri, agian.

—Nazkagarria da, Lanbas.

Sutu egin nintzen. Ez zuen eskubiderik. Ez nion eskatzen eskertzerik, baina ez zuen zertan gogora ekarri nire kondizio miserablea.

—Nazkagarria da, bai. Baina iragarkiak errodatzen segi dezakezu, nahi baduzu. Iragarkiak errodatzen segitzeko aukera da oparia.

—Eta zu?

—Nik lan bat bezala hartzen dut. Profesional bat naiz. Hamaika gauza dago, hau baino okerragorik.

Negar isilean hasi zen. Lohi-maila jakin bat gainditu duenak, kakatzan igeri egiteraino sartu denak, ez die aspaldiko erretratuei inoiz berriro begiratu behar, orainari so egitean ikusten duenaren islak ispilua mila puskatan zarta diezaion nahi ez badu, bederen. Errukitu egin nintzen.

—Ez pentsa; gauza ondo irtenez gero ni ere bakean utziko naute.

Gezurra zen. Modu lausoan izan bazen ere, elkarren arteko lankidetzak aurrera segi zezakeela iradoki zuen, nik nahi banuen behintzat. Edo agian, nahi ez banuen ere bai. Ez nion Florindari esan, noski. Ikuspuntu praktiko batetik, tratua komeni zitzaidan. Sindikatu egingo nintzen, finean. Neure burua *berrasmatu*. Nazkagarria bazen ere. Sekretua da zure partea egitea ahalik eta txukunen, gehiago arduratu gabe. Denok gara morroiak, nork bere koartada dauka.

Gainera, bestela zer etorkizun geratzen ahal zitzaidan? Auzo apartatuetako sukurtsaletan lapurtzen saiatzea, plastikozko edo jaurtigairik gabeko pistola batez? Egia zen, hala ere, horretan ez erortzeko ordaindu beharreko prezioa itzela zela: justuen samaldan lerrokatzea, lapur sanoa izateari utzirik.

—Eta horrek ekartzen dit gogora beste gauza bat; Pedrotegirena nori leporatuko dabiltza. Kontuz ibiltzea daukate Martiartuk eta enparauek.

—Merezi dute abisatzea?

—Merezi dute?

—Tira, aurretik aurkitu beharko nituzke. Desagertu ziren ezer esan gabe.

—Bai, ez dute erreparo handirik izan zu *kolgatuta* uzteko, ez.

Flori negarrez ari zen.

—Ez duzu zertan kezkatu. Argi eta garbi esan nion Bildosolari, ez nuela armarik aldean eramango. Eta besteak onartu.

Esku bat pasatu nion Florindari burutik.

—Hamaika gauza dago, hau baino okerragorik.

Florindak jada ez zuen negar egiten eta kristalezko irribarre bat margotu zitzaion aurpegian. Noiz egin zuen inork nigatik negar azken aldiz? Edo: zer kuota edukiko nuen nik negar horretan?

Galdera bat neukan mihi-puntan, baina ez nintzen egiten ausartu. Zain ezazu baratza kanpoan naizen artean, esaten ahal nion. Berdin zen, argi neukan ez niola eszena bat egingo.

Galderari dagokionez, uste dut banekiela erantzuna zein zen.

Aireportuak, komunikabideen korapilo garrantzizko horiek, gauza delikatuak dira. Hankak galtzeko, hondakinen azpian itotzeko edo beste edozein heriotza anker aurkitzeko toki aproposak. Lurreratze txar batean hegazkinean bertan erretzea litekeena izatea gutxi balitz bezala. Komando baten jardun eroa pairatzeko bezala, egokiak dira, halaber, polizia arretatsuegi baten atentzioak jasotzeko, edo immigrazio-zerbitzukoek inor bueltako bidean jartzeko, arrazoiarekin –beren ikuspuntutiko arrazoiarekin– edo gabe. Ez ditut aireportuak sekula gehiegi maite izan, baina zahartu ahala, gero eta desatseginagoak iruditzen zaizkit. Desatseginagoak, inkietagarriagoak, agorafobikoagoak. Aireportu batean gertatzen ahal direnak pentsatzen hasi, eta maleta galtzea, usu gertatzen den gorabehera nazkagarri samarra, bedeinkazio bat izan behar da, bizirik irtenez gero.

Lehen ere mintzatu naiz kulturaren zeregin aringarriari buruz: kulturari esker, etxeko komuneko irakurketa batzuk mediante, batek begira diezaieke aireportuei ez hankak, edo are bizia, galtzeko propio diseinatutako zerbait bezala, ezlekuak diren aldetik baizik.

Gero, kulturak norberarengan daukan gogatze-ahalmenaren arabera, aireportuak sortu ezinegona eramangarriago izan daiteke. Ez da hainbeste ezleku bat zer den edo ez den oso inportantea dela, burua beste zerbaitetan okupatuta edukitzea baizik, hegazkinaren maniobra bakoitzean.

Ni, DFra Paristik pasatuta abiatuko nintzela esan zidatenean ez nintzen asko poztu; Barajas gutxi zelakoan, De Gaulle ere bai. Eta behin DFn, han beste hegazkin bat hartu behar nuen Guadalajarara joateko. Hiru aldiz gora, beste horrenbeste behera, denetara sei aukera teknologiaren fidagarritasuna, pilotuen trebezia, hegazkin-konpainien segurtasun-protokoloen eraginkortasuna, eta mekanikarien profesionaltasuna proban paratzeko. Kontuak egiten hasiz gero, izugarria zen zenbat jenderen lanaz fio behar nuen; ez aipatzearren aireratze-lurreratze operazio bakoitzean parte hartuko zuen jende guztiaren egoera zein izango zen ere beste kezka-iturri bat zela –pilotuen egonkortasun emozionala, kontrol-dorrekoen lo egiteko arazoa, hegazkin-konpainiako kontuak berdintzen zituen ekonomistaren premiak...–; horri guztiari gaineratuz gero norberak munduaz daukan esperientzia, eta mirakulutzat hartu behar zen, ez jada hegazkinak airean eustea, baizik eta lurrean zegoela haize kolpe batek jo eta intxaur oskola bat bezala ez kraskatzea ere. Hori, ez esateko dena alferrik dela, alegia, istripuak istripu direla, hau da, mila zirkunstantzia txikiren elkartze-puntua, guztiz kontrolaezina. Zorte txarra, esaten dugu gero, laburbilduz. Gainera, aireratze-lurreratze bakoitzean, inkontzienteki, hanketako giharrak uzkurtu ohi ditut. Hiru aldiz aireratu eta hiru aldiz lurreratu ondoren, joko olinpikoetan parte hartzetik itzuliko banintz bezala bukatuko nuela begitandu zitzaidan.

Kulturak horretarako balio du baina. Ez, zure patua hiltzea bada, ez hiltzeko, ez, hil arteko denbora zer edo zertan entretenituta pasatzeko baizik.

Beraz, komuneko azken irakurketen haria berreskuratu, eta gai bat jarri nion neure buruari: ezlekuak. Aireportuak, esaterako.

Aireportuak: adinez aurrerago, eta deserosoagoak zaizkit. Zaharrago eta konpreniezinagoak, bertan galtzeko modukoagoak. Ezlekuak. Teorikoek ziotenez, Augerrek-eta, ezlekuak ahistorikoak dira, harremanetarako ezinezkoak eta norberaren izaerari buruz indiferenteak. Noizbait entzun dut ezlekuak ez direla antropologikoak, eta modernitate baudelairetarraren tokiei kontrajartzen zaizkiela. Ez nago oso konforme. Baudelaireren ibiltaria –*une passante*– galtzen bazen jende elemeniaren erdian, betiko agian, begirada hunkigarri bat eta ezinezko esperantza bat baizik ez utziz, zer espero nezakeen une hartan ontziratze-areto berean, nengoen tokitik metro gutxira, ikusten nuen emakume eder horrengandik? Beharbada diferentzia bakarra zen Baudelaireren hiriak elkar topo egiteko beste aukera bat eskain zezakeela, agian, zaila bazen ere, eta Charles De Gaullek, ordea, ezta aukera bakar bat ere ia-ia. Dena zen, orduan, probabilitate-kalkuluaren araberako joko bat; hiri baudelairetarrak, demagun, berriz elkar topo egiteko % 0'0001eko probabilitatea eskaintzen ahal bazuen, Charles De Gaullek, aldiz, % 0'000000001ekoa bakarrik. Ez nion ezberdintasun kualitatiborik atzematen; horren arabera, teorikoek nahi zutena esanik ere, betiko hiriaren tasunen areagotze batek baizik ez zuen definitzen ezlekua; ez zen beste zerbait, ez zen ezberdina, gradu kontua zen dena; ea ba, lau kopa hartu, edo zortzi, mozkorra, kategoria moduan, bat eta bera ez al da beti? Eta bestondoa, bestondo. Baina bestondoak eta bestondoak daude, hori bai, eta horretaz badakit zerbait.

Augerrek, ausaz, berak kontzeptua modu erlatiboan erabili duela erantzungo lidake, ez modu absolutuan; *gainmodernitate* bat –ezen ez posmodernitate bat– definitzeko; eta antropologo argentinar batek, ausaz, garai historikoaren ezaugarriei buruzko diskurtsoa sortu izan hutsaren garrantzia azpimarratuko lidake.

Non ez bazen dena gaizki ulertu nuela, hasieratik, ia gehienetan bezala. Esana daukat aurretik, kulturarako jaidura daukan zopilo bat baino ez naizela. Partitzea apur bat hiltzea dela esaten duen adagioa ahaztu nahian nenbilela, besterik ez. *Partitzeko tenoria.* Bidaiatzeak sortu kitzikapenak beste edozein zantzu txarri gain hartzen dion garaia iraganik, dena dirudi patuaren aieru okerra. Gogoeta intelektuala babesgabetasun sentimenduaren eta nostalgiaren haginkada gainditzeko estakurua baino ez da, ilusio ilauna.

Bai, apalategi bat ipini behar nuen komunean, liburuak, eserita egonik ere, eskuaren irismenean geratzeko moduan.

Aurrean neukan emakumeari begiratu nion. Altua zen, gabardina berde arin, luze eta ebakera oneko batez jantzirik zegoen, dokumentu-zorro bat zeraman, beltza, ile luzea bezala. Gure begiek so arin bat gurutzatu zuten, elkarren hegoak une batez igurtzi zituzten bi txori herabeti. Haxixa erretzen nuen garaian, horrelako huskeria bat aski izaten zen egoera paranoiko samarretara eramaten ninduten ideia-kateak eragiteko. Une hartan, aireportuan, hogeita hamar urte lehenago bezala, kanutoz enpo egon izan banintz, barne-pelikula hasiko zen: gabardina berdeko emakumeak begiratzen dit; zergatik begiratzen dit gabardina berdeko emakumeak, ordea? Ezin zitekeen izan giza interes hutsa, ez jakin-min iragankor eta errugabea, ez; orduan, norbaitek gabardina berdeko emakumea nire atzetik bidali duelako izango da; zergatik norbaitek nire atzetik bidali? Mexikon egin beharrekoak buru zitezela ez zuelako nahi? Eta nor egon zitekeen horretan interesatua? CIA? Pentagonoa? Espainiako inteligentzia? Inteligentzia sare pribatu bat? Ursuaren etsaiak? Horrela hasten diren gogoetek ez ohi dute amaiera onik. Are, batzuetan amaierarik ere ez, ez txarrik eta ez onik; txokolatea erretzeari horregatik utzi nion, hain zuzen. Ez egun batetik bestera, prozesu baten ondoren baizik, zeinean aski azkarra izan bainintzen konturatzeko, finean, errezeloz eta konspirazioz betetako amets erdi-paranoiko horiei beti falta zitzaiela kontrapuntu objektiboa, norberaren susmoetan egiatik zer zegokeen errebelatuko zuen Ducados paketea; gauza jakina baita bi kiloko patata bat –adibide hau etorri zitzaidan burura, haurtzaro piriniotar oso urruti baten azken oihartzuna legez– ez dela benetan bi kiloko patata bihurtzen, ondoan Ducados paketea jartzen zaion arte; alegia, erreferente objektiborik gabeko gogoetek ez dutela inolako balio praktikorik. Ametsak edo amesgaiztoak, kimerak, aireko gazteluak, hutsalak direla.

Horretaz konbentzitu nintzen egunean, txokolatea utzi, eta bizitza kezkarik gabe bizitzearen aldeko jarrera hartu nuen; alegia, bai, bazitekeen gabardina berdeko dama FBIkoa izatea eta han egotea espresuki nire atzetik zebilelako; baina bazitekeen, baita ere, gabardina berdeko damak gauzei eta pertsonei begiratzeko tasuna galdu ez izana, eta horregatik, kasualitate hutsez, ni bere begien helburu suertatu izana une batez. Nahiz eta ezleku batean egon. Eta bazitezkeen beste gauza mordo bat ere: baina ez nuenez modurik arrazoi infinitu horietatik zeinengatik begiratu zidan jakiteko –salbu eta emakumearengana hurbildu eta nire frantses makarronikoan galdetzen banion, esaterako, *mepurkuavusmegegagdez*; baina horrek ez zuen balio posibilitate bezala ere, ez hainbeste horretarako kopetarik ez nuelako, baizik eta susmatzen nuelako besteak jendarmeei deituko ziela segituan, eginez gero–, filosofia moduan hartu nuen jarrera horixe zen, bizitza gehiegizko kezka gabe –hau posible den neurrian, betiere– bizitzea. Horrek zenbat aldiz kondenatu nauen, edo zenbat enboskadatatik ateratzeko balio izan didan, ez dago jakiterik, baina uste nuen, aski baikorki, orokorrean, despiste moduko horrek arazoak saihesteko balio izan didala. Ordurako marihuana erretzen hasita nengoen.

Alegia, gabardina berdeko emakumea Ursuaren etsaiek bidalitakoa izanik ere, zer irabazten nuen horren gaineko hipotesi zoroak eginez gero? Zer ondorio praktiko atera nezakeen hipotesi horretatik? Kontu edo arreta handiagoz ibiliko nintzen horregatik? Eta Ursuaren etsaiek bidalitakoa, gabardina berdeko emakumea izan beharrean, fraide itxura zeukan beste bidaiari hori bazen?

Batek daki mozorro bakoitzaren atzean zer gordetzen den.

Beraz, beste jolas ezagun eta askoz ere eskerronekoago bati ekin nion: gabardina berdeko emakumea Gisèle da, enpresa handi bateko zuzendari komertziala, eta DFra doa kontratu garrantzizko bat zarratzera, hain garrantzizkoa ze, lortu ezean, zuzendaritzatik botatzen ahal dutelako segurantzia ia osoa baitauka. Parisko auzo apartatu baina elegante, oso esklusibo batean bizi da, berrehun metroko planta daukan bi alturatako txaletean, bi alaba ditu, bere senarra medikua da; senarrarekikoak ez du ongi funtzionatzen. Gaztetan uko egin zion Diorren modeloa izateari. Hogeita hamazazpi urte ditu eta BMW gris metaliko baten jabe da, berlina bat. Aireportuan ez, eta Parisko Halles inguruko jatetxe batean ikusi izan banu, txerri-pata hezurgabetuak eta *foiez* beteak janez, berriz topatzeko esperantzarik eduki ote nezakeen? Enkontrua historikoa, harremanetarako ahalezkoa eta norberaren izaerari buruz esanguratsua izango zen? Parisen bizi izatera bai, ausaz. Oso-oso baikor izanda, egia esan. Baina, batez ere, orain ulertzen nuen, Parisko jatetxeak harremanetarako aukera bat, txikia izanik ere, eskain zezakeen, hiriak aukera bat eskain zezakeen, eta aireportuak aldiz, bakar bat ere ez. Nor mintzatzen da ezezagun batekin aireportuan, denek susmatzen badute, aldamenekoaz, lehergailu bat dakarrela ezkutuan? Emakume beltzaranak masail delikatuki hezurtsuak zeuzkan, kuriositatez so egiten zidala iruditu zitzaidan, berriz ere. Ezlekuen teoriaren gaineko gogoetatik abiaturik, ondorio batera iritsi nintzen, bizkor, zalu, arin: aireportuetan pertsonen arteko tratua ezinezkoa zenez, emakume beltzaran gabardinadunarekin harremanetan sartzeko aukerarik txikiena –% 0'0000001 hori– neukala konturatuz gero, harreman totala eskatuko nion, komunera gonbidatuz. Ezlekua leku bihurtzeko ahalegin alimalean. Benetan izango zitzaidan zailago hori, Halles inguruko jatetxe batean solasean hastea baino? Ez neukan garbi. Frantsesez trakets moldatzen nintzen, gainera, nahiz eta batxilergoan frantsesa irakasten zen garaikoa izan, edo beharbada horregatik beragatik.

Gabardina berdeko emakumeak begirada apartatu zuen, nire pentsamenduek ahotsa baleukate bezala.

Megafoniak zerbait iragarri zuen eta gabardina berdeko emakumea handik lekutu zen, lehen klaseko bidaiariei erreserbatutako gela esklusiboagora joateko. Ezlekuak eta ezlekuak daude.

Entzuna nuenez, Air Franceko turista-mailako eserlekuak gero eta estuagoak ziren, txartelak merkeagotu nahiak minimora murriztuak. Beraz, aireportuko agorafobiatik hegazkin barruko klaustrofobiara pasatu beharko nintzen. Laster zutik bidaiatu beharko zela otu zitzaidan, hegazkina hiriko autobus edo metro bat balitz bezala.

Air Franceko hegaldi transozeaniko haren eserlekuen txikia eta hegazkinaren usain txarra eskandaluzkoak ziren. Egia zen hegazkinez esaten zena, beraz. Hark, behintzat, antz handia zeukan Magrebeko edo Hego Amerikako autobus beteekin, non nekazariek beren produktuekin edo animaliekin bidaiatzen zuten. Ezlekuak izan edo lekuak izan, deserosoak.

Bildosolak argibideak eman zizkidan atera baino lehen. Kazetari bat joango zitzaidan bila Guadalajarako aireportuan.

—Nola topatuko dut?

—Berak aurkituko zaitu. Ez duzu edukiko lagun hoberik Mexikon zauden bitartean.

Hegazkin hartan sarturik, Mexikorako bidean. Absurdua zen. Zertarako joan behar nuen Mexikora? Une batez denboraren itsaso infinituan nabigatzen ari den izarren hautsa baizik ez nintzelako kontzientzia bortitzak astindu ninduen; zati ñimiñoa, partikula mikroskopikoa. Txinparta bat bi ezerezen artean, filosofoak esan zuen bezala. Baina filosofoaren esanari baikorregi iritzi nion segituan. Txinparta bat? Deuseza, bi ezerezen artean. Ezleku bat, bi ezlekuren artean.

Ondoko eserlekuko morroiak, fraide itxurako horrek berak, arazoak zituen hankak zegokien tokian sartzeko; aurreko eserlekuaren bizkarraren kontra belaunak tolesten zituen, eta gorputz jarrera erosoagoaren bila mugitzen zen bakoitzean, lerroko bidaiari guztiak inkomodatzen gintuen. Nire gogoetetan murgildu nintzen, bidaia absurdu haren xehetasun batzuk gogoratuz.

Fran Bildosolak pasaporte faltsu bat eman zidan.

—Turista moduan joanez gero, ez da bisaturik behar, eta sei hilabeteraino egon zaitezke bertan. Baina ez kezkatu, ondo bidean, astebete edo hamar egunetan bueltan egongo zara. Eta tramiteak arinduko ditugu, ikusiko duzu.

Hiru mila dolar ere eman zizkidan.

—Hamar milara arte ez da deklaratu beharrik.

Azaldu zidanez, Mexikon hartuko ninduen kazetari hark emango zizkidan argibideak. Beste zita baterako eguna eta ordua, nonbait.

—Beste zita bat? Norekin?

—Ikusiko duzu. Zure ezagun zahar bat da.

—Ez dut ezagunik Mexikon, ez zaharrik, ez berririk ere.

—Beste gauza bat: arazorik sortzen bada, ez joan enbaxadara, ez agintarienetara, ez kontsulatura, ez toki ofizialetara, eta ez ezer. Kazetaria izango da zure laguntza bakarra. Hark egingo dizu logistika-lan guztia.

—Nola du izena? Nor da bera?

—Venustiano Simon. DFko kazeta handi bateko berriemailea da Guadalajaran. Elementu ona da, zaildua eta edozertarakoa. Baina...

—Baina?

—Baina marroi bat eskuan harrapatzen bazaituzte, eta Simonek ezin badizu lagundu, bakarrik zaude. Ez dugu elkar ezagutzen.

Ederto. Bildosola erretolika penagarri batekin saiatu zen. Dena oker itzel, dramatiko, ulertezin bat izan zen. Bai, Ursuak irinak ere banatzen zituen, kalitate handikoak, oso bereziak, oso espezializatuak. Esportatu ere egiten zituen, Mexikora, esaterako; Pedrotegik Mexikon aholkatzen zituen jatetxeei, adibidez; bon, esportatu, ez zen zehatz-zehatza, esportatzen zuelako, baina ez zuen esportatzen. Alegia, bera operazioaren logistikaz bakarrik arduratzen zen, eta adiskideei laguntzearren, ez hainbeste irabazten zuen diruarengatik –zerbait eramaten zuen arren, hori bai, logikoa denez–, ez bazen adiskide onei zerbitzu bat emateagatik; izan ere, Ursuak ondo baino hobeto ezagutzen zituen Mexikorekiko merkataritza harremanen gorabeherak, Mexikoren eta Europar Batasunaren Merkataritza Askeko Itunak arautzen duena. Esaterako, ba al nekien nik itun horren arabera, Europar Batasunak ematen diola lehentasunezko sarrera-kuota bat Mexikoko atun lataratuari? Edo, ituna izenpetu zen une beretik, 2000. urtetik alegia, tekilak ez duela muga-saririk ordaintzen Espainiara sartzean, baina, aldiz, angurriaren kasuan 2008. urtera arte ez zela muga-sariaren exentzioa gauzatu? Ituna horrelako mila detailez, xehetasunez eta gorabeheraz beteta zegoen, Ursuak horren guztiaren gaineko ezagutza aparta zeukan; gainera, eta hau are inportanteagoa zen, nazionalitate bikoitza zeukan, eta ondo, oso ondo ezagutzen zuen bi aldeetako jendearen psikologia. Hau bereziki garrantzizkoa zen, are, erabakigarria, merkantzien garraioak eta biltegiratzeak dakartzaten behar guztiak konpontzeko orduan; honi gehituz gero Ursuak harreman oso baliagarriak zeuzkala Atlantikoaren bi aldeetan –berdin banku bat bilatzeko, kanpo harremanetako ministerioetako funtzionario batekin harremanetan jartzeko...–. Ba, ez zen batere arraroa, azkenik –eta Ursua oso borondate onekoa zenez– makina bat bidalketatan, espediziotan, negoziotan eta kontaktutan sartuta egotea.

—Ursuaren ospea sua baso lehor batean bezala barreiatu zen Mexikorekin salerosketetan ibiltzen ziren enpresaburuen artean. Irudika ezazu –esaten zidan Bidosolak, zerbaitetaz konbentzitu beharko banindu bezala–, autoentzako osagarrien kontainer batzuk Mexikora bidali dituen enpresaburu espainiar bat, gaueko orduetan dei bat jasotzen duena, arazoak daudela eta Mexikoko agintariek ez dutela karga lurreratzen uzten. Adibidez. Nori deituko zion? Ursuari, noski. Ursuak aduanetako funtzionarioarekin hitz egingo zuen, portuko agintaritzako lehendakariarekin, Espainiako enbaxadarekin, behar zenarekin... eta arazoa konponduko zuen. Ezinbesteko bihurtu zen.

Gero, ezinbestekotasun horren ondorio logikoaz, enkarguak, aginduak, konpromisoak, negozio-aukerak, telefono-deiak eta adiskideak, ustezkoak edo egiazkoak, biderkatu egin zitzaizkion. Antza zenez, Mexikorekiko merkataritza-balantza mataza izugarri bat zen, zeinean Ursua baitzen korapiloa harildu ahal zuen bakarra. Eta azkenean, zoritxarra gertatu zen, okerra, oker handia eta tragikoa. Dena Ursuak batzuei eta besteei bere zerbitzuak eskaintzeko zeukan gehiegizko laguntzeko tirria horrengatik.

—Bazenekien azukreak egiten duela Mexikok Espainiara esportatzen dituen gaien % 2?

Bai zera, ez nekien, noski. Baina konturatzen hasia nintzen Ursuaren balantza komertzialean beti zegoela gai zuriren bat.

—Ursuaz baliatu dira. Baliatu da sasikumeren bat.

—Altruismoak horrelako arriskuak ditu.

Ironia zakarregia zen eta Bildosolak bizkarra tentetu zuen bere luzera osoan, eta ahotsa zakartu.

—Baina ez dugu bakarrik utziko une latz honetan.

«Dugu», zioen. Gizon prestu batek ez omen du beste gizon prestu bat ataka larrian dagoenean abandonatzen. Baina Mexikora zihoana ni nintzen. Horretarako nintzen ni prestuen aldrakoa.

Ez zen desesperazioa sentitzen nuena, absurduaren antzerkiko pertsonaia bat nintzelako kontzientzia baizik. Adibidez, burua itzul nezakeen hegazkinean hankak bere eserlekuan sartzen asmatzen ez zuen fraide itxurako morroi horrengana, eta esan, Barkatu, beste batek utzitako arrastoa garbitzera noa Mexikora, horregatik esaten didate Lanbas, bestela, aukeran, urte batzuetako espetxealdia neukan zain, zuk zer egingo zenukeen nire kasuan? Edo, adibidez, burua itzul nezakeen hankak bere eserlekuan sartzen asmatzen ez zuen morroi horrengana, eta galdetu, Barkatu, fraide hori, zu zertaz zaude maskaratua? edo, Barkatu, *rostropalido* hori, ez al zaizu absurdua iruditzen gizakiaren lur gaineko kontingentzia? Sekula egiten ez diren galderak dira, baina une hartan, kontrolatu ezinezko bulkada batek eraman ninduen, ustekabean, galdera egitera.

—Barkatu, ez al zaizu absurdua iruditzen gizakiaren lurreko kontingentzia? Hegazkin hau, zeru hau, zu zeu, ni neu: ez al gara guztiz gratuitoak?

Besteak harridura lorratzik gabe erantzun zuen, ordua eskatu izan banio bezala, edo galdetzea espero zuen klabe sekretuko pasahitza balitz bezala:

—Hara! Zu ere Santo Tomasi buruzko Kongresura zoaz?

—Ez, ez; nik *kontingentzia* kontzeptuaren aldaera sartrearrari atxiki diot. Ateoa nauzu.

—Ni, aldiz, apaiza naiz.

Aspaldi ikusi gabea nuen halako fenomeno bat: apaizaz maskaraturiko apaiza.

Ateotasun-aitorpenak ustekabean harrapatu bide zuen eserleku-kidea. Deseroso mugitu zen, eserleku-lerro osoa mugiaraziz, hainbatgarrenez.

—Gustura eztabaidatuko nuke zurekin kontingentziari buruzkoa, ateoa zaren arren, baina nire onera ezin itzulirik nago, hanka puta hauek bere tokian sartu ezinik.

Bitartean, nire tokitik, ezker-eskuin, ikusten ahal nituen sei-zortzi bideoek, lehen klaseko bidaiariek zer-nolako abantailak eta erosotasunak gozatzen zituzten errepikatzen zuten etengabe. Bi klaseen arteko diferentzia kontuan hartuta, iragarkiak publizitatetik harantz zihoazen; tortura klase bat ziruditen.

—Eta, bestalde, ze arin pasatzen den zeharkaldi kontingente hau, e?

—Hori hankak laburragoak dituzulako esaten duzu. Ni bezala bazeunde, bidaia eternoa egingo zitzaizun.

Lo-giroa nagusitzen ari zen pasaiaren artean; bideoko hegazkin-laguntzaileak primerako eserlekuak lotarako nola etzaten ziren azaltzen zuen, irribarretsu, *bussines* klaseko bidaiariek zituzten erraztasunak loriatuz etengabe. Aldameneko bidaiaria lekutua zen ordurako, gaua zutik pasatzeko erabakia hartuta, beharbada, edo norbaitek hankak moztu ziezazkion erregutzekoa.

Ezleku bat, non batzuek *business* klasean eta beste batzuek turistan bidaiatzen duten.

Ezleku bat, non, leku guztietan bezala, errazago ligatzen den apaiz batekin txandako gabardina berdea daraman emakumearekin baino.

Ezleku bat, non batzuetan mamuak agertzen ziren.

Begiak itxi nituen. Baina ezin nuen lorik egin. Mexikora zihoana ni nintzen, baina Bildosola «gu»-ka aritzen zen. Florindari ere ez zitzaion ustekabean pasatu bidaiaren berri eman nionean.

—«Ezin dugu bakarrik utzi» esan zizun? Bera ere Mexikora doa, ala? Eta zuk irentsi?

—Ez. Esan egin nion.

—Eta zer erantzun zizun?

Ez da erraza inoren hitzak emakume haserre baten kodera isurtzea. Are gutxiago Bildosola bezalako baten hitzak, hain hegalariak, hain ugariak, hain iheskorrak: ez gaizki ulertzeko, bide guztietatik saiatu zirela, saiatzen ari zirela eta saiatuko zirela Ursua bahituta zeukaten tokitik askatzen; bide diplomatiko formalak, enbaxadatik hasita, baina aski ez baitzen,

Ursuaren beraren eta beste askoren adiskideak, instituzio ohoretsuetako goi karguak, Elizaren artzapezpikuak, politikariak, DFko, Culiacango eta Monterreyko abokatu-bulego garrantzizkoenak... Baina ez pentsatzeko, garairik latzenetako Euskal Herria urmael bare bat zela Mexikorekin alderatuta; han sekula ez zegoela jakiterik, han denak ibiltzen zirela ikazkinarekin beltz eta eiherazainarekin zuri, nork zer entzun nahi eta hura esango, auzia luzatzeko, eta sastakaia bizkarrean gordeta, luzatu ahala, egoera ebaluatzeko, eta ebaluazioaren ondorioz norberari zer komeni zitzaion kalkulatzen, kalkulua egindakoan sastakaia haragi bila ateratzeko; ez pentsatzeko, ez zela erraza, hain ohoretsu eta hain instituzional ez ziren bideetatik ere saiatu zirela, hasieratik, hau da, erakunde klandestinoei ere galdezka, baina euren artean ere saltsa lodia dagoela, eta haiekin ere berdin, auzia luzatzen, eta halako batean erabaki zutela aski zela harpa-jotze harekin, eta zirt edo zart egin behar zela, eta ni Mexikora bidaltzea zirt edo zart egiteko erabakiaren barruan zegoela, baliabide handiko gizona nintzelako, nigan uste osoa zeukatela, itsu-itsuan fio zirela nitaz. Aski zela, Ursua gaizki pasatzen egongo zela, merezi ez zuenean, dena oker handi bat izan zenean.

—Erakunde klandestinoak?

Galdetu zuen Florik, irten baino lehenago, gaia atera nionean.

—Zuk ez duzu ezagutzen Bildosolaren eufemismorako jaidura, komeni zaionean.

—Kartelak?

—Ea ba. Zuk esan: itxura denez, droga irin-paketeetan iristen zen. Auskalo zergatik, pakete batzuk Ursuaren biltegira iritsi ziren. Banatu zituzten lehenak Arrantzamendi jatetxeari egokitu zitzaizkion.

—Biltegira «*iritsi*» ziren. «Auskalo zergatik».

—Zer intsinuatu nahi duzu?

—Intsinuatu? Lanbas, mesedez!

—Ez kezkatu. Horixe bera esan nion Bildosolari, «*iritsi*», letra etzanez eta komatxoen artean, eta lasaitu ninduen. Badakizu zer erantzun zidan? Trankil, Lanbas –esan zidan– orain zintzoen artean zaude.

Ez nion utzi aireportura nirekin etortzen. Agurrak gorroto ditut.

Hegazkinak hodeiertzeko bi argi badaezpadakoren artean egiten zuen hegan, meridianorik gabeko ordu lauso batean, lokartu nintzenean.

—Venustiano Simon, zure zerbitzari.

Miguel Hidalgo y Costilla Guadalajarako Nazioarteko Aireportuan oina lurrean ipini eta berehala agertu zitzaidan, ez dakit nondik aterata. Ni baino dezente gazteagoa zen, baina justua da onartzea horrek gero eta meritu gutxiago daukala. Lagundu zidan ekipajea garraiatzen, taxia eskatu zidan, hoteleraino etorri zen nirekin.

Bidean, Guadalajararen gune metropolitanoaren gaineko argibideak eman zizkidan: osatzen duten udalak, bizi diren milioika pertsonak (erroldatu gabe edo pasaeran daudenak alde batera utzita). Nire jatorriaz jakitun, edozein denda, lantegi edo tabernatan euskal abizen bat ikusten zuen bakoitzean, esaten ari zenaren haria moztu eta parentesi bat irekitzen zuen erakusteko: Zavala, Goyzueta, Zaratamo, Ibarra, Arzubyalde...

—Zer iruditzen zaizu? -hiriaren lehen inpresioaz ari zela ulertu nuen.

Zabala, lokatua, erraldoia, korrokoila, konprenigaitza iruditzen zitzaidan.

—Interesgarria. Ezberdina.

Nire hotela erdialdean zegoen, eta bidaia aski luzea zenez, Venustianok zeharkatzen genituen tokien berri eman zidan.

—Milurtearen arkuak.

Lau arku ziren, hori kolorekoak. Elkarren gainean jarrita, txikitik handira osatutako egitura erraldoi bat osatzen zuten; gain-jartze bakoitzean, arku bakoitzaren ardatzak hainbesteko angelu bat egiten zuen aurreko arkuaren ardatzarekin, 360º osatzera iristen ez zen bira bat eginez. Lurrean tinkatzen zen egituraren azpian trafiko handiko bi errepide zabal gurutzatzen ziren.

—Hemen aurkitu zituzten, hilabete batzuk direla, hogei eta sei gorpu, hiru furgonetaren barruan.

Hain bitxi egin ohi zaigun Mexikoko gaztelaniaz hitz egiten zuen, noski.

—*Hágame caso, gachupín: si empiezan las mentadas de madre, prepárese para la balasera.*

—Denak kazetariak ziren?

Entzun izan ez balu bezala segitu zuen.

—Matazetas kartelekoak ziren. Zetas kartelekoek mendekuz akabatuak, lehenago besteek 16 zeta garbitu zituztelako Veracruzen. Hemengo hauek koskabiloak ahoan utzi zituzten.

—Ederra giroa, Venustiano.

—Deitzen ahal nauzu *Venus*.

Ez dakit ongi interpretatu zuen nire isiltasuna.

—Benetan, dei nazazu Venus. Adiskideek Venus deitzen didate.

Venusek, hotelerainoko bidaia guztian, sarraski eta triskantzen kronika aski trinko bat egin zidan.

—Jarraitzen didazu, Lanbas?

Artean nik ez nion esan *Lanbas* deitzen didatela.

—Lanbas? Dena dakizu nitaz, antza.

—Dena ez. Zerbait. Jarraitzen didazu, Lanbas?

—Gutxi gorabehera. Ez dakit dena asimilatu ahalko dudan, baina.

—*Gachupín*: deitzen ahal dizut Lanbas, ezta?

—Jakina, Venus.

DFko aireportuan denbora gutxi zela izandako *balasera* baten kontakizuna eten zuen, jakin-minak akuilatuta.

—Zer da Lanbas hori?

—*Fregona*. Lanbas *fregona* da, tresna bat.

Bere denbora behar izan zuen konturatzeko Espainiako gaztelanian fregona esaten dena Mexikon *trapeador* deitzen den tresna dela. Sinesgaitz egiten zitzaion.

—Benetan deitzen dizute horrela?

—Historia luze eta zahar bat da.

—Eta uzten diozu jendeari horrela deitzen?

—Tira. Zuri Venus esaten dizute, ezta? Egia esan, ez dago gaizki jarrita. Orain ere, zer ari naiz hemen, bestek lurrean barreiatutako zikina garbitzen ez bada?

—Esaten nizun bezala, DFko aireportuan, hiru federalek beste hiru poliziakide tirokatu zituzten, bidaiari guztien erdian...

Solasa utzitako puntuan berreskuratu zuen, alegia. Erdizka baino ez nuen entzun nire informatzailearen jasa, partez hiriaren sinfoniak arreta eskatzen zidalako, partez ez nuelako entzun nahi. Venustianoren arabera, heriotza emateko eta bortxa erabiltzeko modua herrien kulturaren eta erakundeen idiosinkrasiaren erakusgarriak ziren. Teoria oso bat zeukan.

—Esaterako, kolonbiarren gorbatak heriotzaren irudia finkatu nahi du etsaien imajinarioan; baina zuek euskaldunok ere, zer edo zer dakizue horretaz: ETAk, mehatxua gero eta populazio-geruza zabalagoetara hedatuz, heriotza nonahikoa eta ausazkoa dela azpimarratzen zuen; komisarietako leihoetatik jauzi eginez, erreketan itorik, ustez, edo galdeketa-aretoetan hiltzen ziren militanteen bidez, Estatuak, haren aurka, izaera jainkotiarraz ematen zuen heriotza, zigor bat banatzen duenaren moduan; heriotzak mina, ezintasuna eta erokeria, hau da, are pairamen psikologikoa ere, loturik zeramatzala gaztigatuz; hemengo kartelek, hildakoen atributuak etsaien ahoetan sartuz, erritual makabro bat osatzen dute, esango balute bezala: kontuz gero, guk zu hiltzea ez daukagu aski, gu, zu hil eta gero, bertan geratuko gara, gorpuekiko dantza intimoan, nahi duguna egingo dugu, dizugu. Kontuz, Herioa *gu* gara. Heriotza emateko modu sofistikatu eta, barka esatea, kultura handiko hauen ondoan, anglosaxoien edo nordikoen heriotza emateko moduak irrigarriak dira, imajinaziorik gabeak, zozoak, ergelak. Oso eraginkorrak eta ahalmen handikoak, jakina, masiboak, eta gainera teknologiaren halako berme batez bedeinkatuak datoz, indarkeria administratzen duen erakundetik –hots, gobernutik–, nahiz eta, jakin nahiko nuke, benetan hainbesterako ote den; baina indarkeriaren monopolioa dutenetik bere kasa dabiltzanetara pasatuz, institutu edo supermerkatu batera joan eta berrogei lagun garbitzen dituen *marine* ohiarena, edo, urrutiagora gabe, Norvegiako isla hartan ehun eta piko akabatu zituen faxista harena, heriotza emateko modu kirurgikoak dira, aseptikoak, esterilizatuak. Enteratu baino lehenago lurrean zaude, seko, tiro bat bekokian. Kasik eskerrak eman behar dizkiezu oso modu higienikoan eta zientifikoan azkendu zaituztelako. Berdin-berdin hiltzen zara, baina bada aldea, gero. Uzten ahal zaio heriotza administratzeko ardura hain imajinazio eta tradizio txikiko jendeari?

—Eta hirugarren munduko gerrate eta matxinada zibiletakoak, mendebaldeko potentziak tartean ez daudenean?

—Horiek heriotza-emate miserableak dira.

—Nik bizirik eta potroak bere tokian dauzkadala itzuli nahiko nuke.

—Orduan ireki ongi begiak. Herioari beldur, ala?

—Eta nork ez? Baina bada hiltzeko beldurra gainditzeko modu bat.

—Bai, e? Zein? Seme-alabak edukitzea? Liburuak idaztea?

—Halakorik! Ez, gizona.

—Zein, orduan?

—Hiltzea. Hiltzeko beldurra betiko gainditzeko, hiltzea onena.

—Arma bat lortzen ahal dizut, nahi baduzu.

—Ez, eskerrik asko.

Hotel Frances deitzen zen batean erreserbatuta neukan gela. Eraikin kolonial bat zen. Gauzak gelan utzi, dutxa bat hartu eta harrera-tokira jaitsi nintzen, Venustianorekin berriro elkartzeko, gau hartan anfitrioiarena egingo zuela agindu baitzidan.

—Gustatzen hotela?

—Sartu naizenetik pentsatu dut edozein unetan *El Zorro* agertuko zitzaidala, armiarma batetik eskegita. Ez zegoen zerbait diskretuagorik?

—Hiriko hotelik zaharrena da, 1610. urtean eraikia. Ez horregatik nabarmenena. Hotel aski arrunta da; turistek ez ezik lan-bidaietan dabilen jendeak eta profesionalek ere erabiltzen dute. Gainera, hasieratik pentsatu genuen turista zinelakoan sartuz gero, susmo gutxiago eragingo duzula. Goazen afaltzera. Zer moduz zabiltza urdailez?

—Hainbestean –omeprazol bat hartuta nengoen ordurako, zer gerta ere.

Leporaino betetako lokal batean lortu genuen mahai bat, pixka bat itxoin eta gero. Venustianok enkargatu zuen afaria.

—Hitz egidazu Ursuaz. Ongi ezagutzen duzu?

—Zirkulu batzuetan oso ezaguna da. Nik ez dut bera ezagutzen, baina gizon ospetsua da, hemen, Mexikon, gutxienez.

—Zer zirkulutan?

Venustiano Simonek barre egin zuen, galderari *naif* iritzita, antza. Baina ordu gutxi batzuk baino ez ziren Mexikon nengoela eta nire ohearen falta susmatzen nuen ordurako.

—Sotiltasuna ez da zurea, e, *gachupín*? Entzun: badakizu zenbat diru daukaten mexikarrek Karibeko paradisu fiskaletan? 417.000 milioi dolar. Aski kalkulu zuhurra da, yateak, jauregiak, eta ondasun inmobiliarioak kontuan hartzen ez dituena. Horrek herrialdeak daukan zorraren halako bi eta erdi egiten du. Beren fortunak han gordetzen dituztenek anonimatoa bilatzen dute, noski. Baina ez bakarrik zerga-biltzaileei ezkutatzeko; bahitzaileei, txantaje-egileei, espioiei, *paparazzi*ei, aurkari politikoei, ahaide haserretuei, emazteei, emazte ohiei, amoranteei eta amorante ohiei ezkutatzeko ere bai. Paradisu fiskal horietan klase guztietako eragile ekonomikoak eta sozialak elkarbizitzen dira, elkarbizitzarako izugarri aberatsa izatea dela baldintza bakarra. Ez da bakarrik Mexikoren kasua, noski. Fenomenoa globala da. Finantza krisia deitzen diote, zer edo zer entzungo zenuen honezkero. Finantza sistema ustel horrek, bankuak buru dituela, jauregiz, hotelez eta golf-zelaiez bete ditu Rivera Maya, Quintana Roo, Cancun. Haientzat ez da legerik izan, politikariek nahi dutena nahi duten bezala eta nahi duten tokian egiten utzi dietelako. Oraintxe egiten ahalko nizuke ustelkeria prozesuetan, epaietan eta irregularitateetan leporaino sartutako PRIko gobernadoreen zerrenda luuuze bat. Jarraitzen duzu, *gachupín*?

Nire ahoari sua zerion eta izerdi tanta lodiak erortzen zitzaizkidan lokietatik behera. Omeprazol arrunt bat ez zela aski izango konturatua nintzen. Berandu, baina.

—Zer kristo da hau?

—Tokiko espezialitateak: *pozole, birria, birote*... Onak, e? Guadalajara osoan ez duzu hau bezalakorik topatuko.

—Segi.

—Ez du inporta hotelen, resorten eta golf-zelaien erdiak erdi hutsik badaude; ez dute bezerorik behar, ez lehen urtean, behintzat. Ez dute bezero *egiazkorik* behar. Hamabi hilabetez, bezero *fantasmak* izatea aski dute. Imajinatzen duzu? Kutxan astean bi milioi uzten dituzten bezero irudimenezkoak. Dendetan, diskoteketan, hoteletan, jatetxeetan... Dirua zuzenean doa beren maletinetatik beren banku-kontu legezkoetara, agerikoetara, Europan; erregistratuta geratuko da enpresen liburuetan, eta ustiapen-balantzeak izugarri onak izango dira, etorkizunean akzioak erosi nahi dituen inbertitzaile batentzat ezin tentagarriagoa... Eta nor da eroslea? Saltzailea! Eta saltzailea? Eroslea!

Saltzailea eta eroslea berberak dira, beren buruari saltzen eta erosten diote, hurrenez hurren, mugarik gabe. Emaitza: droga salmentarekin lortutako dirutza beltz baten jabe zirenak, prozesua bukatzerako, akzio-pakete guztiz legezko baten jabe izaten dira. Dirua zuritzea esaten diote. Entzun duzu inoiz?

Venustiano nirekin pasatzen ari zen, subnormala banintz bezalako tratu harekin.

—Dena zuritzen da. Baita uzkia ere.

*Zekristonabilnihemen* zen benetan esan nahi nuena, baina tokiz kanpo zegoen. Desorientatuta begiratu zidan.

—Uzkia zuritu?

—Euskal Herriko kostako tokirik *glamourosoenetan* ez da beste auturik.

—Uzkia zuritu, zertarako?

—Dirua, sudurra, uzkia... Oso garrantzizkoa ei da uzki presentagarria edukitzea zenbait *zirkulutan*. Baina segi, Venus, segi.

—Ez dut zure umorea ulertzen, *gachupín*.

—Umorea deitzea ere... Utzi. Ahaztu. Segi.

—Ez da inongo sekretua adreiluaren *boom*a narkoaren dirua garbitzeko aitzakia izan dela. Kariben, Erdialdeko Amerikan eta Hego Amerika osoan. Ez dira gutxi Espainiatik etorritako inbertitzaileak.

Esan, «*La Madre Patria*» esan zuen, ironia minduaz.

—Batzuek Espainiarren kartela deitzen diete. Argitaletxeak, hotelak, komunikazio enpresak...

—*Zirkulu* horietan da ezaguna Ursua –pronostikatu nuen.

Jakin egin behar. Giro horietan, ozeanoaren bi aldeetan, aise mugitzen dakiena beti da morroi interesgarria, *enpresa gizon errespetagarria* izatera iristen ahal da, bere kartak jokatzen asmatuz gero.

—Ursuak, antza, ez du jakin.

—Arazoetan sartu da, bai.

—Zer-nolako arazoak?

Venustianok bizkarrak harrotu zituen.

—Auskalo. Ez da zaila, Mexikon.

—Zenbait zirkulutan ibiliz gero.

—Zenbait zirkulutan ibiliz gero, jakina.

—Eta agintariak?

—Agintariek ez dute baliabiderik, ez gogorik ezer ikertzen hasteko.

Ordurako afaria bukatuta genuen. Nik ordaindu nuen, Bildosolak emandako diruarekin. Zerbait hartzera joan gintezkeela proposatu nion, eta hoteleko tabernara joatea erabaki zuen. Hotel kolonialak patioa zeukan erdian. Patioa kristalez itxita zegoen, han goian, eraikin koloniala bururatzen zuen teilatuan. Armiarma handi batek argitzen zituen patioko mahaitxoak, eta handik hiru-lau metrotara galeria baten zurezko barandak ikusten ziren. Zerbitzari bat hurreratu zitzaigun.

—*Un reposado derecho.*

—Nik ere bai –esan nuen, zer zen oso ongi jakin gabe–. Zu zer aldetan zaude?

Olioa eta ura nahasten zituen soarekin begiratu zidan.

—Ni kazetaria naiz.

—Ogibide txarra gaur egun, Mexikon.

—Ez eduki dudarik. Hainbeste ze ofizioa aurrera eramateko moduak aldatzen ari dira. Zenbait albiste kubritzera joateko orduan, medio guztietako kazetariak elkarrekin joaten gara. Zuk uste *esklusibaren mito* zaharrak gugan eraginik duenik? Mundu guztia oso kontuz ibiltzen da argitaratzen duenarekin.

—Eta zu?

—Nik jokabide hori muturrera eramatea erabaki dut. Ikusi, entzun, isildu. Gorde.

—Noiz arte?

Ekarri zioten tekila *reposado* hori zurrut batez hustu zuen. Nik berdin egin nuen. Ona zegoen. Zer diot ona, bati *corrido* bat kantatzeko gogoa etortzen zitzaion tupustean. Tokian tokikoa edatea bezalakorik ez da, gauza jakina da. Alkandorako goiko bi botoiak askatu nituen. Beste bi *reposado* eskatu nituen.

—Noiz arte? –kalkulatzen bezala jarri zen; eta kalkulua eginda, nonbait, ozpin-zurruta egin izan balu bezalako irria egin zuen–. Noiz arte... Hori duk galdera ona, *gachupín* kabroia, noiz arte... Berrogei urte bete ditut aurten.

—Eta leialtasuna?

—Leialtasun aldakor eta mutagarriko gizona naiz –eskumuturrean neukan erlojua seinalatu zuen. Seiko bat zen, aski arrunta. Ez dut hoberik, horratio. Jada ez dut erabiltzen urrezko Rolex faltsurik, Callaon saltzen duten horietakoa.

—Zenbat balio du zure erloju horrek? –galdetu zidan.

—Pesotan?

—Pesotan, dolarretan, eurotan... Nahi duzuna.

Kalkulu eskasa da eurotik pesora, edo alderantziz, eragiketetan oso usatuak ez garenontzat.

—3.000 peso. 4.000, agian.

—Leialtasuna... Niri leialtasun-lezioak ematera etorri zara, *gachupín*?

Bizikleta zaharra zen, hormako hobi batean paratua zegoen, santu bat balitz bezala, eta oso zaharra izateaz gain, hautsak janda zegoen. Segurutik urteak ziren inork garbitzen ez zuela. Eta ez zen harritzekoa, tabernak oso sabai altua zuelako, hainbeste non, goi-goian ez egonik ere, bizikleta behegainetik bi metrora egongo baitzen, gutxienez. Eta Guadalajarako taberna jendetsuenetakoa izanik, nork hartuko zuen hararaino igo eta garbitzeko lana?

Bezperan esan zidan Venustianok: La Fuente tabernara joan behar duzu bihar, arratseko zortzietan, norbait daukazu zain.

Gainerakoan, bizikletaren istorioa ezaguna zen, Venustianok berak azalduta: *cuate* bat joan omen zen behin, oso aspaldi (egia esan, bizikletaren nolakoa kontuan harturik, oso aspaldi gutxienez XIX. mendearen bukaera izan behar zen), eta edaria eskatu zuen. Edaten eman omen zioten, eskatu ahala, hainbeste non gizonak sastar galanta bildu baitzuen. Gero, ordaintzeko orduan, ikusi zen hordiak poltsikoak hustuta zituela. Orduan bizikleta bertan utzi zuen, bahituran, diruarekin itzultzen zenean berriz jasoko zuelakoan. Baina ez zen sekula itzuli, eta bizikleta paretako hutsune hartan geratu zen, zor horren lekuko. Hori zen bertsio zabalduena. Beste bertsio baten arabera, bizikletaduna joan zen tabernara igande batez, taberna igandeetan itxita zegoela ahaztuta, eta hantxe utzi zuen; taberna jabeek hantxe eskegi zuten, jabea noiz etorriko, eta gaur arte.

—Fio hadi, motel. Berea ere ez zen izango, lapurtu egingo zuen edatera etorri aurretik –gizona gaztelaniaz mintzo zen. Espainiako gaztelaniaz, ordea, ez Mexikokoaz.

Gizon burusoil eta tripaduna zen, biboteduna. Buruko soilgunearen inguruan ile solte eta hezikaitz batzuk zeuzkan, garunetik ihes egin nahiko luketen ideiak balira bezala. Ideia gehiago edukiko ahal zuen, ilea baino. Bibotea sarria zen, sindikalista batena bezain; edonork bat-batean ganba-azal bat azaltzea espero dezakeen horietakoa.

Fabian Fonseca zen, niri denbora luzea ez zela hainbestetan nazkatzera bidalitako morroi horixe, Eroskin erosketetan laguntzeko ohitura hartuta zegoena.

—Handia da, gero.

—Esan nuen ba, elkar ikusiko genuela berriro ere.

Gauzak zer diren. Fonseca eta biok alde berean. Onen aldean, jakina.

—Ez pentsa edozeinekin mintzatzen ari haizela. Badakik ni nola hasi nintzen? Neuk esango diat:

jeneralisimoaren garaiak hituen, intelektual marxista arriskutsu baten atzetik jarri ninditean.

Eztainatuzko balde bat genuen aurrean, zerbezaz beteta. Zerbeza bat hartu zuen, eta drangada egin zuen.

—Gaztea ninduan, lana serio hartzen nian; hainbeste jarraitu nioan marxista hari ze antropologia ikasketak egiten bukatu nian. Nik Lévi-Straussen obra nagusiak irakurri ditiat. Frantsesez.

Fonsecak gorbataren korapiloa laxatu zuen, erosoago egoteko.

—Aditu ondo, beraz, unibertsitateko ikasketak zeuzkaat, fundamentuz hitz egiten diat. Zer, ez duk ezer esaten?

—Zer nahi duk ba esatea. Unibertsitatea, unibertsitatea... –espero nuen tonuak argi salatzea unibertsitatea noraino gutxiesten nuen–. Nik ere antropologia maite diat, baina ez Léviren garaikoa, oraingoa baino. Auger-eta.

—Auger? *Marikonadak.* Marxistarekin bukatu eta euskaldunen atzetik jarri ninditean. Nekagarria, gero.

Oholtza txiki baten gainean, boskote bat ari zen. Errematekoa ematen ari ziren. Kantariak ekin zion, otoitz edo lanturu bat bezalakoa zen melodia bat:

*Por presumir, a mis amigos les conté / que en el amor ninguna pena me aniquila / que pa probarles, de tus besos me olvidé / y me bastaron unos tragos de tequila.*

—Lévi-Strauss beste ibili nauk. Mundu erdia zeharkatu behar izan diat. Zuen erruagatik beti. Nazkatuta nagok, niri benetan gustatzen zaidana etxean egotea duk, zapatilak jantzita eta telebista ikusten. Euskaldun madarikatuak!

Azteca bana eskuan geunden. Mahiaren gainean, eztainuzko balde txikian, beste lau zeuden, hauek ireki gabe. Fabian Fonsecak mahairatu zituen, zerbezak baldeka eskatzeko bertako ohiturari jarraituz, nik zerbezarik nahi ote nuen galdetu gabe.

Kantariak bere letaniarekin segitzen zuen:

*Les platiqué que me encontré con otro amor / Y que en sus brazos fui dejando de quererte / Que te aborrezco desde el día de tu traición / y que hay momentos en que he deseado hasta tu muerte.*

—Eta zer duk eta, berriz tenore berean. Ez zarete inoiz aspertzen, ala?

Fonsecak tragoa egiten zuen zerbait esaten zuen bakoitzean. Beharbada horixe zen jarioaren iturria.

—Hona nire bidaien laburpen antropologikoa: frantsesek erretzeko paperaz eusten ziotek. Ez ditiat soportatzen. Anglosaxoiek uste ditek beraiek direla ama daukaten bakarrak. Orokorrean, europarrarenak egin dik. Hipokritak eta koldarrak dituk, eta euren buruez aseta zeudek, gainera. Ez al da, ala?

Oholtza txikiaren gainean, boskoteak berean segitzen zuen. Amaitzen ari ziren.

—Italiarrek ez ditek sekula intermitentea erabiltzen.

Itxura baten, bibotedunak ezin jasan zezakeen zerbait baldin bazen munduan, horixe autoa gidatzean intermitentea erabiltzen ez zuen jendea zen. Eta egia zen, antza, ondorengo minutuetan horrelakoen aurkako diatriba samina egin baitzuen, hori bezalako jokabideetatik zer-nolako hondamendiak etor litezkeen aletuz –horrelako jendearengatik izan balitz, jenero humanoari aspaldi atrofiatu zitzaiokeen ezker eskua, eta beste–, eta berarengatik balitz zer egingo liekeen xehe-mehe jakinaraziz.

—Baina moroak okerragoak dituk. Faltsuak dituk, kartoizko euro bat baino areago.

Konparazio asmatu berriak zerbait pentsaraziko zion, gaineratu zuelako:

—Bon, euroa bera da kartoizkoa.

Gainerakoa aski prebisiblea zen: asiarrek ongi egiten zekiten gauza bakarra zakilak zurrupatzea zen, beltzak alferrak eta usain txarrekoak ziren, sudakei ozta-ozta aitortzen ahal zitzaien gizatasuna.

—Beltzena igual konpon litekek, usainarena, alegia; bestea ez –eta gero, ni hatzaz seinalatuz–; bai, bazekiat zer pentsatzen ari haizen, horregatik esan diat aurretik unibertsitarioa naizela; are, unibertsitarioa naizelako esaten diat esaten dudana. Utikan, zuzentasun politiko melenga eta irrigarri hori! Hauek harriak bezalako egiak dituk!

Kantaria goren puntura iristen ari zen:

*Acá entre nos, siempre te voy a recordar / y hoy que a mi lado ya no estás / no queda más que confesar / que ya no puedo soportar / que estoy odiando sin odiar / porque respiro por la herida.*

... *la heriiiidaaaaaaaa.* Azken oihartzunak itzali gabe artean, bibotedunak hariari heldu zion berriro.

—Eta mexikar hauek... Bo, bo, hauek *laostia* dituk. Hauei metxa pizten zaiek pospolorik gabe ere. Janari biziak gorroto ditiat.

Beste zerbeza bat erreskatatu zuen eztainuzko baldetik. Jendea txaloka ari zen.

—Bai, mundu erdia korritu diat, antropologo marxistaren atzetik lehen, etarren atzetik gero. Eta badakik zer ondoriotara iritsi naizen?

Ikasteko eta nazionalismoa bezalako gaitzez sendatzeko bidaiatzea zer ona den entzuna dudanez, aldarrikapen erabateko baten zain geratu nintzen.

—Hegazkinak beldurra ematen didala, horra.

—Hegazkinak beldurra ematen zidak, bai.

Ze pena tipoari mahaia eta mahai gainekoa gainean irauli eta handik hanka egin ezin izatea, pentsatu nuen.

—Jarri hadi nire tokian. Mulatoak, txinoak, euskaldunak, mexikarrak... Niri igual-igual zaidak, doazela denak infernura, edo zerura, hori ere igual-igual zaidak, nik nahi dudan bakarra duk etxean egotea nire zapatilekin, eta geratuko zaidan pentsioarekin bizitzea... Kaka bat, bide batez esanda, kaka bat. Orain denak dituk oso profesionalak, hizkuntza asko zekizkitek, informatika ere bai. Hi eta biok beste garai batekoak gaituk. Guk dagoeneko ez diagu tokirik mundu honetan, ez al haiz konturatzen?

Arraioa! Sentimental paratu behar al zen?

—Lehengoan jakin nian nik jarraitzen nuen intelektual marxista hori hil egin dela. Hirurogeita hamar urte zitian. Ulertzen?

—Goian bego.

—Oraintxe entzun diagu, corrido edo dena delako horretan: arnasa, zauritik. Ez zegok gaizki. Hik eta biok, eta gu bezala geratzen diren beste tonto batzuek, zauritik hartzen diagu arnasa. Iragana gaituk, erlikiak. Zenbat urte dauzkak, berrogeita hamabost? Hirurogei? Nik hirurogeita bi. Datorren urtean jubilatuko nauk. Kaka bat geratuko zaidak. Handia duk, gero!

Aitorpen bat egiteko bezain gertu jarri zitzaidan.

—Horregatik nagok hemen, hegazkinak beldurtu arren.

Musika-boskotea tresnak biltzen ari zen. Bezero batzuk lekuak husten hasiak ziren, eta beste batzuek hartzen zituzten euren tokiak. Guadalajararen erdian zegoen taberna, arrakastatsua zen. Fonsecak hasperen egin zuen.

—Konforme, nahi duan bezala. Ez duk hitz egin nahi, ezta? Izorrai, motel. Entzuteko gogo handirik ere ez duk edukiko, baina nik esateko asko zeukaat, eta ahoa lehortu egiten zaidak.

Erretorika hutsa zen, erantzunik espero ez duenetakoa.

Ondoren etorri zena memorandum ezagun bat balitz bezala aletu zuen bibotedunak, zerbeza edateko baizik geratzen ez zela, eta bibotearen goitik beherako ildoak ferekatuz, noizean behin.

—Hau ondo ateraz gero pentsio-plana nabarmen hobetuko zaidak. Gutxienez Bartzelonako portura bidali izan banindute, eskatu nian bezala. Han egiten dituk negozio garbiak, ondo jubilatzekoak. Narkoei lapurtu, hi.

—Narkoei lapurtu? Eta gero bizirik segitu?

—Ia: narkoei konfiskatutako merkantzia lapurtu. Narkoek garraioaren txibatazoa eman dutenak garbitzen ditiztek, edo lapurrak; konfiskatu eta gero haiek ez zeukatek zer esanik.

—Hara!

—Baina baita zera ere. Bizitza guztia antropologo marxistaren atzetik, Lévi-Strauss frantsesez irakurtzen, etarren puzkerrak usaintzen, eta ezetz. Ez, Fonseca, zure esperientzia daukan polizia baten talentua ezin da alferrik galdu portu bateko zeregin burokratikoetan. Putakumeak!

—Ulertzekoa da, bai.

—Nire edadean, Lanbas, nire edadean. Mexikar puta hauekin. *Laostia* duk, Lanbas, *laostia* duk.

Ezizenez deitu zidan. Oso kezkatuta behar zuen, edo oso mozkortuta, dudarik gabe.

—Kolonbiarrek, mexikarrek, perutarrek, denek zeukatek beren delegatua Bartzelonako portuan. Eta Madrilen, eta Bilbon, eta Vigon, eta... Jende diskretua, oso. Goitik beherako profesionalak. Haiekin tratuetan ibiliko bahaiz, beti-beti-beti nahi izaten ditek hire familiarekin otordu bat egitea. Haiek bi mila euroko puta eder klase handiko batekin joan ohi dituk, familia-giroa ez zapuzteko. Ni horietako bat aski ongi ezagutzera iritsi ninduan, oso gizon serio eta behar bezalakoa zuan, zaldun bat, esatea zilegi bazait, haren egitekoa «aberastasuna oihanetik Europara arteko guztian banatzea» zela esan ohi zian. Ez dituk fio, ez dituk fio Espainian txapuzero asko dagoelako, ez zeudek konforme. Eta zer izan eta ni Bartzelonako portura joateko eskaerari uko. Halakorik!

—Lasai, gizona, balio handikoa zara, moldatu egingo zara.

—Beharko. Hark argi hitz egiten zian: konfiantzazko gizonak behar ditiat portuetan, inportazio-enpresa sinesgarriak, biltegi industrialak, garraioa, logistika. Nork bere ehunekoa eramango dik. Gidariak, *matxakak*, mezulariak, matoiak, *pitufoak*. Hura ez zebilean gauero parrandan, nabarmenkerietan. Profesional osoa zuan. Etxe arrunt batean bizi zuan, C5 bat zeukaan.

—Pitufoak?

—Beltza zuri bihurtzen espezialistak direnak. Zer, ez didak esango matoi bat zer den ere esplikatu behar diadala, ezta? Eta horretaz ari garela, honek –kolonbiarra zuan, serioa, oso profesional serio taju batekoa–, matoi xelebre bat zian, esaten zuena bere ofizioan txarrena –nazkaz esaten zian–, hilotza puskatan zatitzea eta poltsatan sartzea zela. Baina ez pentsa, negozio guztietan bezala, kostuak txikiagotu behar direla-eta, tokian tokiko mafiatxoekin azpikontratatzen ditek disuasioa, larderiako jarduna. Hiri tanatorioan joan zitzaiana bezala. Eta kimikoa. Ez pentsa laborategi handi batean ibilitako norbait dela, ez. *Sukaldaria* Kolonbiako nekazari apal bat zuan, umetatik koka-laboreetan hazitakoa. Hari, injektatutako meloi bat eman, eta substantzia ateratzen zian. Gero beltz batzuk zatozak eta Dusseldorfeko lehengusuei pasatzen zietek. Milioi-parrasta bat. Kontuz gero, *sukaldari* on batek urrea balio dik, eta urre gorritan kobratzen dik. Sukaldariaren arazoa izaten duk mundu guztiarentzat lan egiten duela, profesional moduan, eta atzetik buztana darraiola etor daitekeela.

Ez nekien nik zer buztan, zer darraio eta zer arraio.

—Beste polizia-ikerketa batetik kutsatuta etor daitekeela. Eta zuhurrak dituk, gero, merkantzia bide batetik zoak, eta dirua bestetik, beti-beti-beti.

—Eta Ursua?

—Ursua? Putakume halakoa! Ursuaren arazoa da saltsa guztietako perrexila dela. Pedrotegik pagatu zizkian haren azainak.

Azken zerbeza zabaldu zuen.

—Ursuak inor baino listoagoa dela uste dik. Irin pakete batzuk *galdu* zitzaizkioan. Bere bila joan zituan. Mundu guztia nahastu eta tronparazi zian.

—Eta Pedrotegi?

—Gizajoak ez zian ezeren errurik. Ursuak uste izan zian Espainian, eta sukaldari famatu baten aurka, ez zirela ausartuko, baina...

—Baina ausartu egin ziren.

—Mexikar hauei berdin zaiek dena. Zezenak bezala joan zituan Pedrotegiren aurka. Eta gero Ursuaren bila joan zituan, eta bahitu.

—Baina nork dauka bahituta?

Fonsecak besoak zabaldu zituen, taberna arkupedun eta jendetsu handi hura besoez bereganatu nahiko balu bezala:

—Mexiko: ehun eta hogei milioi biztanle. Hogeita hamabi estatu. Bi milioi kilometro koadro. Ehun kartel. Hamar mila aberats okitu. Nork bahitu du? Eta zergatik? Nik zer zekiat ba. Nola nahi duk jakitea? Inporta dik? Ni diru-kopuru finko baten truke ari nauk. Eta hi? Hik zergatik egiten duk?

—Klase ertainen proletarizazio-prozesutik ihes egiteko.

Fonseca harekin hitz egiten ahal zen negozioez. Kultura handiko gizona zen. Antropologoa.

—Buru txarrak galdu dik. Konformatu izan balitz, zeukanarekin, sudurra toki guztietan sartu gabe. Negozio honetan, nork palo baten ardura hartzea duk seriotasun seinale, handira, txikira eta paretara jo gabe. Putakumea.

Bat-batean mututu egin zen.

—Ez diat gehiago hitz egiteko gogorik. Txiza egitera noak. Argibideak hire hotelean utzi ditiat. Etzi-etzidamu zita zeukaagu. Ez hutsik egin, Lanbas, zintzilikarioak zeuzkaagu jokoan.

Fonsecarekin egon eta gero ibiltzeko beharra sentitu eta paseoa ematera joan nintzen. Hotelera itzuli nintzenean gaua zen. Harrerako gizonak gutun-azal bat eman zidan. Fonsecaren argibideak ziren. Horren arabera, 72 ordu geroago zita bat neukan DFn.

Telefonoa hartu eta Venustianori deitu nion, DFra joateko logistika prestatzen lagun ziezadan.

—Morroi bi eduki dituzu atzetik, gaur, egun osoan.

Esan zidan Venustianok hariaz beste aldetik.

—Eta zuk nola dakizu?

—Zure jarraitzaileei jarraitu diedalako. Zuen barrandan egon dira La Fuenten, beste *gachupín* harekin egon zarenean; atzetik eduki dituzu geroago ere, Juarez etorbidetik paseoan joan zarenean; eta hoteleraino lagundu dizute. Ez zuten ahalegin handirik egiten zure atzetik zeudela disimulatzeko. Mexikarrak ziren.

—Potro-ebakitzaileak? Zer sektatakoak? –ahoa sikatzen ari zitzaidala nabaritu nuen, urduri jartzen naizen guztietan bezala.

—Bizkartzainak, sikarioak, poliziak... batek daki. Ardura dizu horrek? Edozein kasutan, ekintzaileak ziren, hori bai.

Hurrengo goizerako egin genuen zita, lehen orduan.

—Aholku bat: ongi deskantsatu eta hobeto gosaldu. Biharkoa egun luzea izan daiteke.

Patioan eseri eta tekila bat eskatu nuen. Ostiral gaua zen, jende ugari iristen ari zen, mariachiak egongo zirela iragartzen zuten txartelek. Dranga edan nuen eta goiko galeriei begira jarri nintzen, goitik inspirazioa etorriko zitzaidala usteko banu legez.

Uste dut orduantxe ikusi nuela, lehen aldiz, atzetik zetorkidanetako bat. Ikusi eta kontzientzia osoz ulertu nire atzetik zegoenetakoa zela. Ukondoak lehen pisuko galeriako barandan bermatuta zeuzkan. Hura ere konturatu zen. Zutitu eta bi urrats atzera eman zituen, galeriako itzaletan babestuz. Aurpegian markaren bat zeukala iruditu zitzaidan.

Nire gelan ibiliko ote ziren egin zitzaidan susmoa. Zalantza egin nuen une batez, gelara igo ez igo. Baliteke haiek, marichiaren emanaldia zela-eta, hotelean kanpoko jende ugari zegoela aprobetxatu nahi izatea nire gelan sartzeko. Ez nuen gogo berezirik sikario batekin enkontru txar bat izateko, baina ez nuen nahi inork sudurra nire gauzetan sartzerik, ezta ere.

Gelako giltza hartu eta galeriara abiatu nintzen, azkenik. Inor ez. Bistan zen oraindik ez zeukatela niri potroak mozteko agindua. Ongi sentitu nintzen neure buruarekin, hala ere, Mexikon nengoenetik lehen aldiz; gutxienez erreakzionatzeko adorea eduki nuen. Tekilak edozertarako jartzen zaitu.

Venustianori kasu egitea erabaki nuen, eta goiz erretiratu nintzen, mariachien musikaren oihartzun urrutiko bat iristen zitzaidan arren. Ez nuen begirik biltzerik apenas lortu, hala ere.

Hurrengo goizean, larunbata, goiz altxatu nintzen. Beharko nuela iritzita, ongi gosaldu nuen: laranja ura, gazta-enpanadillak, frijoleak, tortilla eta kafea, Venusek esandakoaren arabera, ez zegoelako jakiterik hurrengo otordua noiz egingo nuen.

Venus puntual agertu zen.

Hoteletik abiatu orduko, han gure zaindariak.

Tlaquepaque deitzen den toki baterako autobusa hartu genuen. Atzetik zihoazkigunek ere autobusa hartu zuten. Horrek aukera eman zigun beren itxura gertuagotik ikusi ahal izateko. Trajeak, gorbatak eta betaurreko beltzak erabiltzen zituzten, ilea atzerantz orraztua eta gominaz bere tokian tinkotua. Bart niri begira nabaritu nuenak orban bat zeukan masailean, aski ikusgarria.

—Badugu esperantza txiki bat –xuxurlatu zidan Venustianok–. Ez dira hemengoak, DFtik bidalitakoak baizik.

—Eta nola dakizu hori?

—Trajeengatik. Hemengo morroiek Samways erostetxe handian saltzen dituzten merke horietakoak erabiltzen dituzte, hauek traje hobeak darabiltzate.

Autobusa Tlaquepaquera iritsi zenean bertan jaisteko agindu zuen Venustianok, eta hala egin genuen, gure bi jarraitzaileak atzetik genituela. Gerora jakin nuenez, Tlaquepaque Guadalajarako metropolia osatzen duen udalerrietako bat da, jendetsua, erosketak egitera joandako turista ugari ibiltzen da bertan, are gehiago ordukoa bezalako larunbat goiz batez. Venustianok ongi ezagutzen zuen tokia. Horrek, antza, abantaila ematen zigun, handiagoa oraindik gure jarraitzaileak DFkoak baziren.

—Horiek gu jarraitzeko agindua daukate. Besterik ez. Potroak ebaki nahi izan balizkigute, dagoeneko aski aukera edukiko zuten.

Venustianok ezetz esan zuen buruaz.

—Auskalo. Agian une egokiaren zain baino ez daude.

Tlaquepaquen denda bihurturiko etxe kolonial dotore eta handi asko zegoen; bazen kale luze bat horietako etxez beterik, ezker-eskuin, non altzariak, zilarrezko bitxiak, larruzko jeneroa, antzineko piezak, zeramikak, pinturak saltzen zituzten. Etxe gehienak XIX. mende bukaera aldekoak ziren, Villa eta Zapataren iraultza baino lehenagoko burgesiak eraikiak, molde tradizionalean, hau da, erdian patio iturridun eta zabal bat eta haren inguruan gela itzaltsu eta freskoak ezkutatzen zituen arkupea. Orain, denda bihurturik, patioa bera, arkupea eta patioaren inguruko gela guztiak, inolako aterik gabe, jeneroz beteta zeuden.

Kale horretarantz egin nuen, Venustianoren urratsen atzetik. Denda batean sartu ginen. Ate ondoan, erreklamo gisa, bidaiariak eramateko zalgurdia zegoen, apaingarriz betea. Patioak limoiondo eta pikondo bana zeukan, eta izkina batean ur-jauzi artifiziala; ezin atseginagoa behar zuen, ni baino lasaiago ibiliko zen egiazko turista batentzat.

Iturriaren ondoan beste galeria bat hasten zen, barruko beste patio txikiago batera zeramana.

Hogei bat minutu egon ginen bertan, zeramikazko plater eta ontzi erraldoi batzuei begira. Tarteka kalera begiratzen genuen; eta bai, kalearen beste aldean, inolako disimulurik gabe, gure bi zaindariak zeuden, itzalean zegoen banku batean eseririk.

Hori baieztatu zuenean, Venustiano atera zen eta berrogeita hamar metro aurrerago zegoen larru-denda batean sartu zen. Ni atzetik, jakina, orpoz orpo. Denda hura txikiagoa zen, ez zeukan patiorik edo horrelakorik. Saltzaileak ingelesez galdetu zion Venustianori zer nahi zuen. Tlaquepaquen errazago ei zen dendariek ingelesez hastea espainieraz baino, bezero gehienak atzerritarrak zirenez. Horietako kanpotar mordoxka batek betetzen zuen orain larru-denda hura, non tamaina guztietako poltsak, txanpon-zorroak, karterak, gerrikoak eta zapatak saltzen baitzituzten. Ingelesez asko ez jakinik ere ulertu nuen amerikarrak –hala izango zirela uste bainuen– harritzen zirela jeneroaren salneurri onarengatik, baina hori ez zen nire kontua, nik ahoa siku neukan. Venustianok txanponak eramateko kartera txiki bat aukeratu, niri ordainarazi eta kalera atera ginen. Han zeuden berriz ere, nola ez, itzal bihurtzen ari zitzaizkigun bi morroiak.

Baina orain abantaila bat geneukan; gure zaindarien jokabidea aldatzen ez bazen eta, zorte pixka batez, ez zen aldatuko aurrerakoan ere, bagenekien zer egingo zuten: denda batean sartuko ginen bakoitzean kanpoan geratuko ziren, zain. Segurutik beren aginduak horiexek izango ziren, guri gertutik jarraitzea, edo Venustianok esan zuen bezala, une egokia itxarotea guri pasaportea emateko.

Ostera ere lehen etorritako bidetik atzera egin eta bidaiariak eramateko gurdi dotoreko dendan sartu ginen berriz. Sartu baino lehen, gure jarraitzaileetako batek aharrausia egiten zuela ikusi nuen garbi. Aspertzen hasiak dira jolasarekin, pentsatu nuen. Hainbat hobe. Behin denda barruan, zuzenean joan ginen iturri ondoko galeriara eta barruko patiora igaro ginen. Bigarren patio horrek, txikiagoak, bazuen sartu ginen kalearekin paralelo zen beste kale bat. Hara irekitzen zen ate txiki bat. Kalera jauzi egin genuen eta jende artean galdu ginen, arin ibiliz.

Izan ere, Venustianok bazekien truku txiki horrek ordu laurdeneko abantaila baizik ez zigula emango; jarraitzaileak laster konturatuko ziren amarruaz, eta berriz gure bila hasiko. Baina aski edukiko genuen ordu laurden bat handik pasatuko zen lehen autobusa hartzeko, nora zihoan begiratu gabe, eta handik lekutzeko, morroiok ahoa bete hortz utzita. Lau puntu kardinaletara zihoazen autobus-lerroek zeharkatzen baitzuten Tlaquepaque.

Halaxe egin genuen, beraz. Hartu zuen autobusak ipar-ekialdera egin zuen, eta Tlaquepaquetik hogei kilometrora zegoen Zorrillas izeneko herrixka batean utzi gintuen. Kantina batean sartu, zerbeza bat eskatu eta DFrako autobusa noiz pasatuko zen galdetu genuen. Handik ordu erdira bat igaroko zela jakinarazi ziguten. Zerbeza drangada luzea egin genuen. Eguerdia zen ia, baina ez nuen deus jateko gogorik; aitzitik, erruz izerditzen nuen eta ahosabaiaren ordez bakailao siku bat neukala iruditzen zitzaidan, urduri edo beldurrez nagoen guztietan gertatzen zaidan bezala. Antsietatea apur bat baretu zitzaidan autobusa iritsi eta DFrako txartela ordaindu genuenean. Atzeko puntan eserleku bi libre baitzeuden, huraxe aukeratu eta han eseri ginen. Ordu dezente genuen aurretik, eta horretarako lasaitasuna bilduz gero, lo apur bat egingo nuen bidean.

Lo kamutsa eta etena izan zen nirea, sukarraren amesgaiztotik hurbilago atsedenetik baino. Geltokiak kontrolatuta egongo ziren beldurrez, DFko erdigunea baino hogei edo hogeita hamar kilometro lehenago utzi genuen autobusa, Cuajimalpa de Morelos deitu toki batean, eta taxiaz abiatu ginen. DFren mugak lausoak dira, bat-batean dena da inurritegi erraldoia osatzen duen inurri-masa bat, baina gaitza da zehaztea aldirietatik hirirako trantsizioa non gertatzen zen. Gauak bere izara iluna hedatu zuenerako, orduak generamatzan borborka zirudien erlauntza hartan. DFn, alegia. Gertuko muino batetik, hiriburua argi-soro itzel baten moduan zabaltzen zen, ikusmenak hartzen ahal zuen espaziotik haratago. Mexikoko Distrito Federala, hogei milioi lagun biltzen dituen konurbazioa, erroldatu gabeko edo joan-etorrian dabilen milioi batzuetako biztanleria aldakorra kontatu gabe.

Hogeita hamasei bat ordu falta ziren Fonsecak ipinitako zitarako.

—Astelehenean, 10:00etan, Tepiton. Bitartean gorde egingo gara, *gachupín*.

Hasieran herioa zerbait urrutikoa eta gertagaitza dela ematen du, eta adrenalina aski izaten da inoiz hurbil sentitzean sortzen den beldurra konjuratzeko. Gero, poliki-poliki, norbera konturatzen da hurbiltzen doala, eta hiltzeko beldur bakoitza bere kolore, zapore edo usainarengatik identifikatzen ahal da; istripuko odolaren kolorea, demaseko alkoholaren zaporea, nekez saihestuko den ospitaleko usaina hartzen ditu. Batek beldurrez hartzen du autoa, edo hegazkina; beldurrez pizten du zigarroa, beldurrez jan hirugiharra arrautzekin, beldurrez iritzia eman, beldurrez, beldurrez, beldurrez. Azkenean kalea beldurrez gurutzatzen da eta etxetik ateratzeak ere beldurra ematen du, norberari buruan teila bat eroriko zaion beldurra. Beldurra, inoren bizitzan, nonahiko eta noranahiko doa bihurtzen, dena hartzen du, sentimen guztien hondoan dago, irrika guztien atzean, zirrikitu guztietatik iragartzen da dena blaitu arte. Bestalde, berrogei urtera arte, inoren adiskiderik hilez gero, zoritxarreko istripu bategatik izaten da; berrogeitik berrogeita hamarrera, norberak kontzientzia hartzen du adiskideak eta ezagunak mundu azaletik desagertzea ohikoa dela; eta berrogeita hamarretik gora, norberak otoitz egiten dio, bere jainkoari, Lenini edo historiari, indar kosmikoari edo genetikari, hurrengoa ez izateko. Gero eta adinkide gehiago bizien mundutik desagertu delako ebidentziak ez du askorik laguntzen. Gogoratu nintzen Floriz; adin batetik aurrera denok gaude bolborategi baten gainean eseririk, noiz zartatuko zain. Gazteegia zela, bakarrik.

Venustianok lerro zuri bat osatu du hauts batez, eta zilindro bat 500 pesoko billeteaz. Eskaini egin dit. Ezetz esan diot. Kokaina sudurreratzen dudanean, hurrengo eguneko eginkariek, zilegi bekit esatea, Sestao Riverren elastikoaren kolorea hartzen dute, eta hori aski izaten da zirrosiaren beldurra zabaltzeko. Horregatik mugatu dut kontsumoa.

—Ehun dolarreko bat nahiago duzu? Badaukat, e?

—Kakazaharra, Venus.

—Nahi duzun bezala.

Zilindroa sudurrera hurbildu du, substantzia zuria bere sudur-hobietan desagertu da.

—Arma bat nahi?

—Ezetz. Nora goaz?

—Tepitora.

—Eta zer da Tepito?

—*Tianguis* klandestino bat. *Fayuca*-leku bat. DFko bihotza. *El barrio bravo.*

Venustianok azaldu zidanez, Tepito Mexiko guztiko merkatu famatuetakoa da. Merkatu klandestinoa, non denetarik aurkitzen baita, beste toki batzuetan baino askoz ere merkeagoa. Auzo arriskutsua zen, baina jendea beharraren beharrez joaten zen, biziraupen hutsez, Venustianok esaten zuenez, jakin-minez edo «tradizioa zelako» joaten omen zirenak bazeuden arren. Denetarik aurkitzen omen zen: DVDak, CDak, bideo-jokoak, kontsolak, markako arropa, urrin-goxoak, oinetakoak, poltsak, mota guztietako osagarriak, elektronika-gaiak, sakelako telefonoak, telebistak, argazki-makinak, jostailuak, ordenagailuak, etxetresnak, bitxiak, alkohol adulteratua, farmakoak, pornografia, jostailu erotikoak, animaliak, drogak, pasaporte eta agiri faltsuak, armak, drogak, prostitutak... Baita unibertsitateko tituluak ere, nahi izanez gero. *Narkomenudeoaren* paradisua. Merkatari guzti-guztiek ez ei zituzten legez kanpoko salgaiak erabiltzen, bestalde; eta aldi berean, langileen auzoa zen, errespetua irabazitako jendearena; damurik, auzoa biolentziarekin, indarkeriarekin eta drogarekin lotuta agertzen zen, gero eta gehiago. Baina Mexiko osoan ezaguna omen zen tepitoarren kemena, beren auzoa defendatu eta hobetzen saiatzeko; jakina, salgai asko lapurtuak ziren, markako gehienak imitazioak –Armandi, Versánchez, Vuitrón...– gailu elektronikoak pirateatuak, kalitate txarrekoak... hortik salneurri baxuak. Gauzak markakoak eta jatorrizkoak zirenean, eta hala ere merke samarrak, lapurtuak edo kontrabandoan pasatutakoak zirelako ohi zen. Koloreetako oihalek estaltzen zituzten metalezko egiturez egindako salpostuek kaleak eta kaleak betetzen zituzten, Eje Uno Norte kale zabaleko zati batzuk betetzera iristen zirela, eremu zabala hartuz, Libertad, Florida, Díaz de León eta Jesus Carranza karrikak ere barne, Morelos koloniaren ondoan. Lapurrak, trafikanteak eta enparauak polizia eta agintari ustelen laguntzaz aritzen ziren, horregatik beren auzoaren alde aritzen ziren tepitoar harroak ez ziren inorekin fio. Noiznahi egoten ziren tiroketak, eta polizia norbait atxilotzera, edo *cateo* bat egitera, auzoaren barrunbeetara sartzen zenean, zelai beteko bataila eratzen zen: makina bat gazte manifestari bortitz ehunka poliziaren aurka, harriz, makilaz, petardoz; banaketa-kamioiak arpilatuz, auto barrukoei erlojuak eta dirua lapurtuz, gasolindegiko gasolina ostuz, aurka egiten ausartzen zenari eraso eginez. Poliziek, berriz, eskura zeuzkaten baliabide guztiak erabiltzen zituzten manifestariak atzera eragiteko, sakabanatzeko eta atxilotzeko.

—Eros nezake doktoretza bat Antropologian?

—Nola ez ba! Jakina. Antropologo izan nahi duzu, *gachupín*?

—Ez da niretzat, lagun bati oparitzeko baizik –nik, Fonseca gogoan.

Venustianok sudurra igurzten zuen; farlopak kili-kili egingo zion oraindik.

—Doktoretza-tesia drogei buruzkoa izan liteke.

Kokaina kontsumoa mugatu dut. Adinarekin, ordea, hormona-ekoizpena gutxiagotzen eta alfertzen doa, eta orduan bati arriskuak, arrisku fisiko handi, latz eta hurbilak aski adrenalina-jario sorraraziko ez diolako –eta beraz, erantzunik gabe utziko diolako– beldurrak gibela are gehiago hondatzeko beldurra gainditzeko balio dit.

—Tira, egidazu lerro bat, bukatu ez bazaizu.

Venustianok miraila, plastikozko txartela eta poltsa txikia atera eta prestaketak egiten ditu. Ez dut onartu, ordea.

—Luzeagoa. Ez da *pendejadekin* ibiltzeko unea. Eta egongo da tekila arrastoren bat, etxe honetan.

—¡*Y cómo no*! –Venustianok, halako irrintzitxo batez.

Handik gutxira Volkswagen Tiguan baten barruan geunden, ni gidari eta Venustiano atzean. Autoa Europcarrek hiriaren erdigunean zuen bulegoan bezperan alokatua zen. Venustiano eta biok joan ginen, baina gidaria ni izango nintzenez, neronek aukeratu nuen autoa. Handia, sei abiadurakoa eta eskuko aldagailuarekin.

Fonseca hitzartutako orduan etorri zitzaigun, eta nire ondoan eseri zen, aurrean, ezer esan gabe.

—Baina ez dut hiri hau batere ezagutzen.

—Gidatzen badakizu?

—Bai.

—Orduan ez dago arazorik; nik esango dizut nondik nora jo.

Arazoa bazen, ordea, Venustianok berak ere ez zeukalako hain argi zer ibilbide egin («*... Insurgentes estará hasta la madre... habrá que callejonear o pegarse un tiro...*»).

Madarikatu nuen omeprazol bat hartzea ahaztu izana. Berrogeita zortzi ordu inguru baino ez neramatzan hirian, oraindik ez nuen arnasa behar bezala hartzen; kasik tripa hutsa neukala hartu nuen tekila bat eta gramo bat sudurretik. Moctezuma nitaz mendekatuko zen egin zitzaidan susmoa.

Finean bidea erabaki zuen eta abiatu ginen. Venustianok –ispilutik ikusten nuen– muskuluren baten uzkurdurak sortutako tik batez, bekainak altxatzen zituen segundo gutxiko tartean, drogaren efektuaz, nik uste, ezker, eskuin edo aurrera egiteko instrukzioa ematen zidan bakoitzean. Nik bihotzerrea ez ezik, ahoa siku neukan, eta takikardia nabaritzen nuen; aski azkar gidatzen nuen nahiko dentsoa zen zirkulazioaren erdian. Hura guztia osasunerako oso-oso txarra izan behar zen. Baina Fonsecarena okerragoa zen. Fonseca total eginda zegoen, edo eroturik. Mezkal usaina zerion eta pistola bere trajeko sakelatik aterata, erakutsi egiten zien, leihotik, aurreratzen nituen autoetako bidaiari harrituei, tiro egiteko imintzioak eginez, eta irainak eta zentzugabeko gauzak oihukatuz.

—*¡Quieto, pendejo!*

Venustianok operazioa arriskuan ez jartzeko kontuarekin ekin zion, oihuka; nik bolante-kolpe bat eman behar izan nuen, Fonsecaren pistolak ikaratutako gidari baten maniobra txarra saihestearren, eta gutxik egin zuen ez genuela ezkerreko erreitik zirkulatzen zuen kamionetaren aurka talka egin. Fonseca oneratzen joan zen, gorbataren korapiloa pixka bat askatu zuen. Azkenean pistola gorde zuen jakaren sakelan, aurretik sakela beretik petaka bat atera eta gero. Dranga edan zuen. Egoeraren logikara itzultzen ari zen, egoera horrek inolako logikarik bazeukala sinetsiz gero, behintzat.

Avenida del Trabajo deitzen den Eje Uno Norteko sektorera iritsi ginen. Venustianok, bera baitzen operazioaren ardura hartuta zeukanak, aparkatzeko agindu zidan. Argibide zehatzak eman zizkidan: itzal nezakeen motorra, ordu erdi bat geroago –ordu erdi bat, ez gehiago ez gutxiago– berriro martxan jartzeko baldintzarekin. Ordu erdi hori pasatakoan, edozein unetan agertuko ziren bera eta Fonseca, segurutik presarekin; orduan Tiguanean sartuko ziren eta nik ziztuan abiatu behar nuen autoa, zuzen, zuzen, sakatu ahala sakatuz, atzetik etorriko bide zirenen eta gure arteko tartea albait arinen ahalik eta luzeena izan zedin.

Horrenbestez, alde egin zuten. Abiatu baino lehen, ikusi nuen Venustianok arma labur bat gordetzen zuela gerrian, bizkarraren partean. Fonsecak alkohol-erreserba eramateko erabilitako ontzitxoa, hutsik ordurako, autoaren atzeko partera bota zuen; zonbi bat zirudien, berea ez zen beste borondate batek agintzen zizkiola mugimendu mekanikoak ematen zuen. Abiatu ziren.

Ordu erdi neukanez aurretik, autotik jaitsi eta bueltaxka bat ematea erabaki nuen. Fonseca eta Venustiano desagertu ziren aldera egin nuen, beren urratsen atzetik.

—*¡Lleve bara! ¡Lleve barato! ¡Lleve bara!*

Horixe zen inguruan saldoka zeuden saltzaileen oihua. Ez naiz arrazista, edo ez naizela arrazista esaten dut, edo ez naiz beste edozein baino arrazistagoa, baina zemai bat ikusten nuen ikatzezko begirada bakoitzean. Kokainak areagotutako kolore, oihu eta usainen sinfonia haren erdian, erdi euforiko eta erdi burtzoratuta nengoen, urduri baina, hura paradoxa!, pozik. Listua falta nuen aho sikuan, eta estimulu txikienak ere jauzi eginarazten zidan, nire sentiberatasun haluzinatuan. Mexiko DFko altueraren eragina sumatu nuen han oina ipini nuenetik; ez nekien, birikez aparte, nerbio-sistemari ere eragiten ote zion.

Hezurdura metalikoa toldo gorriz estaltzen zuten bi posturen artean Tepitoren erraietan barneratzen zen kalexka bat; ernatzen zen tokiaren aurrean, okumezko plantxa handi bat, horia, lurrean ezarria, euskarri baten gainean, letra gorri biziekin: Chente, Juanga, Banda El Recodo, Luis Miguel, Shakira... Burura etorri zitzaidan inoiz entzunda edo irakurria: Mexikon, lau kirol-oinetako paretatik, hiru pirateatuak zirela. Burura etorri, halaber, Venusen erantzuna horixe aipatu nionean, aurreko batean: beharrik! Ez gaude hain gaizki! Uste nuen lau paretatik bost zirela pirateatuak!

—*¡Lleve bara!*

Zigarreta baten azken suarekin beste bat pizten nuen, urdailak ahotik ihes egingo zidala iruditzen zitzaidan, edo sua aterako zitzaidala ahotik, denak koloreetako karrusel baten antza hartzen zuen.

Erlojuari begiratu nion. Autora itzultzeko ordua zen.

Tiguan barrura sartu nintzen. Giltza sarrailan sartu eta biratu nuen. Motorra esnatu zen, erlaro batez. Leihoko kristala jaitsi eta erretzen segitu nuen, atzerako ispilutik begira.

Lehena, oihu bat izan zen, beste oihu asko ernarazi zituen oihu bat, oihartzun guztien jainkoa esnatu balitz bezala. Gero kantari eta musikarien CDak iragartzen zituen letra gorriko plantxa horia airetik joan zen; segundo-hamarren gutxi batzuk behar izan nituen konturatzeko Venustiano, nahi gabe emandako ostiko batez, izan zela okumezko iragarkia bota zuena. Gero –eta orain, gogoratzen dudanean, kamera geldoan bezala gogoratzen dut–, konturatu nintzen Venustianoren ondoan Fonsecak astintzen zituela hankak, ikaragarri bizkor, haren edadea, pisua eta janzkera kontuan hartuta, eta edozein kasutan, inork susmatuko zuena baino aise arinago. Burura etortzen zaidan hurrengo fotograman konturatzen naiz bien erdian hirugarren gizon bat doala, arineketan eta makur, Venustianok lagundu berri diolako ez erortzeko, bera erortzeko zorian egon bada ere okumezko iragarki horia nahi gabe ostikoz jo duenean.

Birikak lehertzeko beharrean datoz, ez da oso azkarra izan behar konturatzeko norbait datorkiela atzetik. Oraindik berrehun edo berrehun eta berrogeita hamar bat metro falta dituzte autora iristeko, ikusten dudanean Venustianok keinu batez eskua daramala gerri ingurura eta gero soin-enborra biratzen duela, tiro egiteko. Lehen tiro-hotsa entzuterako konturatu naiz Fonsecak ere arma daukala eskuan, inkontzienteki azeleragailua sakatzen dut, martxa sartuta ez daukadan arren, motorra arinago iraularazteko, horrek lagunduko balie bezala lasterka egiten. Tiro hotsek eragin disuasorioa eduki dute inguruan dagoen jende guztiarentzat, salbu eta, orain ikusten ditut, hirukotea baino berrogeita hamar bat metro atzerago, justu airean joan den iragarkiaren ondoan ernetzen den kalexkatik ateratzen, hirukotearen atzetik datorren jarraitzaile-aldrarentzat. Arinago datozela iruditzen zait, eta batez ere, Fonsecak ezingo diola erritmoari eutsi ulertzen dut, harrapatu edo tirokatu egingo dutela autora iritsi baino lehenago. Venustiano arina da pisuz eta eutsiko diola dirudi, ongi aklimatatuta dago gainera, bertakoa delako, eta erdian datorren gizasemea, ordura arte ez naiz erabat kontziente izan, ahoa dela neurri arnaska, baina kazetariaren lasterraren inbidiarik gabe, beste Mamo Wolde bat Mexikoko karriketatik.

Gizon hark Ursua behar zuen.

Tiro-hots gehiago, baina berehala ulertu dut orain tiratzen dutenak ez direla nireak, jarraitzaileak baizik, hirukotea terrenoa galtzen ari delako, eta tiro egiteak beren abiada moteldu baizik ez duelako egingo. Ezin dut gauza handirik egin, Tiguaneko hiru ateak irekitzen ditut, zezenen adarretan iritsiz gero horrek segundo bi, hiru irabazteko balio diezaiekeelako.

Jarraitzaileak gero eta gertuago daude. Ordurako bistakoa da Fonsecari birikak lehertuko zaizkiola, eta beste bi lagunek erabaki beharko dutela: poliziari lagundu eta tiro-jasa hartu, edo polizia jarraitzaileen balakaden azpian abandonatu eta ihes egiten saiatu.

Tiro-hotsak eta balen firfira itsu eta hilkorra gero eta hurbilago sentitzen dira.

Ziur aski punpaz etorritako bala batek autoaren atzeko beira jo eta mila puskatan txikitzen du. Ni neu ere ikaratu egin naiz eta ez dakit noiz arte eutsi ahalko diodan gero eta indartsuago entzuten dudan iheserako deiari.

Moctezumaren mendekua obratu da nire baitan.

Orduan ustekabea gertatzen da.

Nire ezkerrean eta berrogeita hamar bat metro gorago, korrika datorren segizioaren noranzkoan, aparkatuta dagoen auto batetik, ordura arte erreparatu ez diodanetik, bi gizon atera dira.

Bietako bat, argi ikusten dut, Guadalajaran jarraitu zigun sikarioetako bat da, aurpegia orban itsusi batez zeharkatuta daukana.

Biek pistola-metrailadore automatiko bana daukate. Orbanduna tiro-lerroan sartzen da arma gerrian bermatuta, ihesi datorren hirukoteari begira, eta niri bizkarra emanez.

Gureak egin dik, izan da pentsatu dudan azkena. Amaitu da dena.

—Gureak egin dik, pentsatu nuen.

Bildosolak eta Bilbao Venturak begirik kendu gabe begiratzen didate, arretaz.

—Orbanduna eta beste sikarioa su-lerroan sartu ziren, ihes zihoazen hirukotea aurrean zutela, niri bizkarra emanez; baina zer izango, eta hirukotea tirokatzen hasi beharrean, pasatzen utzi zieten eta atzetik zetozenak hasi ziren tirokatzen. Laster geratu ziren hiru-lau tripaz gora, eta gainerakoei inoren atzetik joateko gogoa joan zitzaien, babesa bilatu zuten.

Ezin azal nezakeen nola bizi nuen bat-bateko zorte-aldaketa hura. Ezin dut ulertu, oraindik ere, nola ez nuen zanpatu azeleragailua eta ziztuan irten horretarako aukera eduki nuen hiru segundoko zalantza-unean.

—Fonseca bihotza zartatu beharrez iritsi zen autora, kazetariak edo dena delakoak lagunduta; bertan geratuko zitzaigula uste izan nuen, benetan; Ursua, aldiz, orbandunaren eta beste sikarioaren atzean geratu zen, sadiko halakoa, beren jarraitzaileak nola erortzen ziren ikusteko. Oihu egiten zien: «*¡Dénles en la madre! ¡Al infierno, hijos de la chingada!*». Potroak, gero!

—Oso gaizki tratatu ei zuten, bahituta eduki zuten denboran. Eta sikarioak...

Tepitoko eskandaluzko ihes horren ondoren, erretiratzeko maniobra ordenan eta era antolatuan gertatu zen. Orbanduna, Venustiano eta hirurok DFtik gertuko landetxe moduko batera ostendu ginen. Mumm botila batzuk edanez ospatu genuen, Ursuaren osasunaren alde topa eginez. Bigarren sikarioa, Ursua eta Fonseca desagertu egin ziren, beste inon gordetzera, suposatzen dut. Biharamunean, orbanduna ere desagertu zen. Venustiano eta biok han egon ginen hiru egun gehiago. Laugarren egunean, norbait etorri, ilea tindarazi, beste pasaporte faltsu batez hornitu, hegazkin-txartel bat eman eta Mexiko uzteko argibideak eman zizkidan. Venustianori agur esan nion. Beharbada zerorrek eros dezakezu doktoretza-tesiaren titulua Tepiton, esan nion, eta irakaskuntzan hasi. Zuk ez esan inori faltsua dela, erantzun zidan, eta nik ez diot inori esango esfinterrak kontrolatzeko arazoak dituzula. Esaten ahal nion, tekila baraurik edateagatik izan zen, farloparengatik izan zen. Baina zera esan nion: horrekin bizi ahalko dut, bizirik nagoenez.

—Ez nuen ezer ulertzen. Orbandunari galdetu nion, elkarrekin egon ginen orduak bukatu eta alde egiteko zegoenean: zergatik?

—Eta zer esan zizun?

—Hauxe: «Lehengo egunean, Guadalajaran, kazetaria eta biok akabatzeko agindua genuen; atzo, Tepiton, aldiz, kazetari eta biok akabatu nahi zituztenak akabatzekoa».

—Hori da dena?

—Hori da dena. Ez nion galdetu aginduak nork ematen zituen. Pertsona bakar bat, edo bi pertsona, edo... Nahi nuen lehenbailehen alde egin zezan, beste agindu-aldaketa bat gertatu baino lehen.

Esan zidaten nik aukeratzeko tokia bazkaria egiteko, Mexikokoa eta gero. Nik, haiek izorratzeko, Bilbao Ventura batez ere, Casa Pacora ekarri ditut, tripakiak jatera.

—Ño! Ederrak zeudek.

Bildosola izorratzea behintzat ez da hain erraza. Bilbaok erakusten du halako ingira definigaitz bat, bai, baina irribarre ulerkor baten atzetik ezkutatzen du.

Ezagun du tripakiak ez zaizkiola gustatzen.

—Ez nintzela osorik itzuliko pentsatzera iritsi nintzen. Mereziko ahal zuen hainbeste ahalegin!

Balbino Bilbaok aukera aprobetxatu zuen bere platera alde batera uzteko eta hizketan hasteko. Beharbada ez zen tripakiak ez zitzaizkiola gustatzen, baso haietatik, plater haietatik, furtxeta horiekin jateak beldurra ematen ziola baizik.

—Horixe merezi izan duela. Gastronomia gaur egun, Euskadin, eta Espainian ere, ekonomiaren motor garrantzizkoenetakoa da. Ezin genuen permititu, potentzia gastronomikoa garen aldetik, susmo txarrak eta beltzuneak barreiatuko zituen ezer.

—Pedrotegi hilik dago, ordea.

—Zoritxar handia izan da. Mexikar hauek ez dira txikikeriatan ibiltzen. Ursuarekin estuki lotuta zebilenez, haren heriotzaren bidez eraso nahi zioten Ursuari.

—Eta krimena argitu gabe dago.

Bilbaok barre egin zuen.

—Denbora laburrerako, sinets ezazu. Ursua gure artean dago, berriro, azken hari solteak laster lotuko dira.

Hori Bildosolak esan zuen, Balbinok berearekin segitzen zuelako: gastronomia dago Euskadiko BPGren % 30en atzetik, batzuek diotenez. Sei milioi turista etortzen dira Espainiara, urtero, gastronomiak bultzatuta. Espainia mundu mailako potentzia da, aprobetxatu beharra dago kreatibitatea, behatoki bat sortu, *think tank* delakoa bultzatu, dena berrasmatu, turismoan lidergoa sendotu, *International Center in Tourism Management and Gastronomy* bat sortu.

—Nola baliatuko dugu aukera hau? Sukaldari hilen eta gastronomia munduko jendearen bahiketen berri ematen ez, behintzat. Ursuaren asuntoa konpontzea funtsezkoa zen. Gainerakoa konponduko dugu. Zuri esker, neurri handi batean.

—Munduari *tapeoa* kultura dela erakutsi behar diogu.

—Donostia pintxoen munduko hiriburua da.

—Kultura, I+G+B.

Niregatik letrak eransten segi zezaketen, infinituraino.

—Egunkari guztiek dakarte. Ez duzu egunkaririk irakurtzen, ala?

Horixe da arazoa, egunkariak irakurtzen ditudala. Eta horrela, batek irakurtzen du, demagun astelehenean: «Arma, droga eta emakume-trafikoa, dirurik gehien ematen duten hiru negozioak». Baina ostiralean, jende gehienari albiste hau ahaztu zaionean, irakurtzen du: «Forbes zerrendaren arabera, Urlia munduko hiru aberatsenen arteko bat da». Eta mundu guztiak dakienez, Urlia arropa-denda kate erraldoi baten jabea da. Izaten da, ordea, lehenengo albistea ahaztu ez zaiona, ni esaterako. Hori, orduan, harri eta zur egon ohi da: arma, droga eta emakume-trafikoa dirurik gehien ematen duten negozioak badira, logikoa litzateke pentsatzea munduko hiru aberatsenen arteko bat dirurik gehien ematen duten negozio horietako batean aritzen dela, ezta? Baina ez, antza, Urlia, oso aberatsa ez ezik, guztiz jaun errespetagarria da. Non dago hutsa, non dago okerra, orduan? Bost eguneko epean emandako bi berri hauek alderatzeko oroimena eta erreflexuak dituena, azalpen logiko baten bila hasten da. Korapiloa, itxuraz bederen, askatuko luketen azalpen batzuk gogoratzen zaizkio. Lehena, begi-bistakoena: zerrenda gaizki dago, eta zerrendaren buruan ageri direnak ez dira munduko aberatsenak, munduko aberatsenak beste batzuk dira. Bigarrena, pertsonaz ez, lanbidez okertu dira: hau da, zerrenda ongi dago, baina egia ez dena da arma, droga eta emakume-trafikoa direnik dirurik gehien ematen duten negozioak. Benetan dirurik gehien ematen duten negozioak beste batzuk dira, horien artean gonak eta prakak saltzea, zerrendan hirugarren agertzen den Urliak egiten duen bezala. Hirugarrena, bi albisteak zuzenak dira; gertatzen dena da arma, droga eta emakume-trafikoan aritzen direnak bestelako tratulariak baino askoz solidarioagoak direla, negozio-eremuak, kuotak eta aberastasuna, finean, euren artean bederen, banatzera guztiz emanda, gona eta praka-saltzaileak ez bezala; eta ondorioz, negozioak dirurik gehien ematen dutenak izanik ere, negozio horietan aritzen direnak ez dira aberatsenak, errenta-banaketa orekatuago baten amoreagatik. Aldiz, praka-saltzaileak, negozio ez hain onean ari badira ere, guztiz berekoiak direnez, aberatsagoak izaten dira. Baina, are, baliteke –laugarrena– gaizki ulertuak jatorri semantikoa edukitzea, eta arazoa izatea «negozio» hitzari atxiki izana berez ez daukan garbitasun bat; hau da, bi zerrendak ez dira konparagarriak, arma trafikoa eta enparauak «negozioa» direla esateak ez duelako esan nahi «negozio legezkoa», eta bigarren albisteko zerrendak legezko jardunetan aritzen diren aberatsak baizik ez dituelako kontuan hartzen. Eta jakina, balegoke bosgarren azalpen logiko bat, laugarrenari nolabait buelta emanda lortuko genukeena, eta segurutik egiatik gertuen egongo dena: baiki, bi zerrendak konparagarriak dira, zeren, negozioei dagokienez, legezkoa/ez-legezkoa hitz bikoteak guztiz iragankorra eta permeablea den muga bat baizik ez baitu markatzen. Beraz... nork bere ondorioak atera ditzala, nik aski hausnartu dut aferaren inguruan.

Jakina, halako txikikeria batek zer-nolako hipotesi itsaso sortzen duen ikustea aski da irakurle kritikoa, masen manipulazioaren ikuspegitik, zer genero delikatua den konturatzeko; onenean, komeni bada, zalantzazko putzu batean itoarazten ahal da, ezer egiteko ezgaitua eta geldiarazia utzirik, itxuraz kontraesankorrak edo paradoxikoak diren albisteak bonbaketari yanki baten maiztasunez barreiatuz; txarrenean, desinformatzeko teknika horrek, edo erabil litekeen beste edozeinek, bere helburu paralizagarriak betetzen ez baditu, guztiz sinesgogor eta egoskaitz bihurtzen ahal da, irakinean ur hotza bota zaion txitxirio zaildu bat bezala, eta jada ez da jangarria (uler bedi manipulagarria), edo bai, baina beste modu sotilago batez: dena berak uste baino are okerragoa dela konbentzitzen da, eta orduan auskalo norantz egin dezakeen punpa.

—Jakina, kultura... Noski, I+G+B... Nori leporatuko diozue marroia?

—Hautagaiak ez dira falta: zure kide ohiak, batetik, Arrantzamendi suntsitu zutenak, bestetik... Badakizu horretan zu tanatorioan mehatxatu zintuztetenak sartuta egon zirela?

—Hartz itxurakoa eta perilladun txiki nazkagarria?

—Horiexek. Antza denez, haiek zuzendu zuten falta zuten generoa aurkitzeko espedizioa.

Ez dut ukatuko ekialdeko armairua eta ipotx nazkagarria kartzelan ikusteko posibilitateaz gogoetatzeak apur bat poztu ninduela.

—Perilladuna burdinaren atzean ikustea nekeza izango da, baina.

Pentsamendua irakurri izan balit bezala.

—Baina lasai, neskarekin, zure lagunarekin, inor ez da sartuko. Orain zintzoen saldoan zaude.

Horrexek izorratzen ninduen gehien, horrexek lohi sentiarazten: zintzoen saldoan egoteak.

Etxera iritsi nintzenean mezu hau aurkitu nuen:

«Tomateei sulfato pixka bat bota diet. Ureztatu ditut letxugak eta zerbak. Cava botila bi utzi dizkizut frigorifikoan, freskuak topa ditzazun. Eskerrik asko, Lanbas. Bihotzez. Maite zaitut. Agur».

Gogoratzen naiz neska batez, elkarrekin bizi izan ginen, aski luze. Stella zuen izena. Nola ohitzen zaren hainbat kontutara; nola erreparatzen diezun, denborarekin, harremanaren hasieran pentsaezinak ziren gauzei. Niri, neska horrengandik, urte batzuk pasatuta, huskeria bat, tontakeria bat geratu zitzaidan akorduan: «u» letra idazteko erabiltzen zuen kaligrafia berezia. Goitik oso itxita zeuden «u» batzuk ziren, kasik «o» lirudiketenak; beharrik «u»aren bi alboko marraxkak behera luzatzen zituela, bestela ez ziren bereiziko; batzuetan, ordea, marra horiek gehiegi luzatzen zituen; orduan, marrak gehiegi luzatzen zituenean «u»ak ez ziren «o»ekin nahasten, egia da; baina orduan «m»ak ematen zuten, edo are «n»ak ere, marretako bat bestea baino laburrago geratzen zitzaionean. Azkenean, aurrekoak ez ezik, «n»ak «p»ekin nahasten nituen, «p»ak «b»kin... poliki-poliki, letra denak bereizezinak egin zitzaizkidan, eta uste dut hasieran bat ez-etortze kaligrafiko bat baino ez zena harremanaren alderdi guztietara zabaldu zela, gure arteko komunikazioa ezinezko egiteraino, eteteraino.

Tira, oraingoan ez zitzaidan hori gertatuko, behintzat.

Finean, hor neukan Mexikora abiatu baino lehen egiten ausartu ez nintzen galderaren erantzuna.

Udazkeneko eguzkia maite dut gehien, gero eta zailagoa denean atzematea. Batek pasatzen utzi du hamaika eki, kasurik egin gabe bezala; ez dio behar beste jaramon egin udaberriko eguzki herabeari, garrantzi gutxikotzat jo du, halaber, dena agortzen duen abuztuko eguzki itogarria, urtero-urtero eta betiko, itzuliko delakoan, norberaren bizitzaren akuarelan sekula falta izango ez delakoan, eta akuarela bera ere betiko litzatekeelakoan; bat-batean, eguna laburtzen doa, lainoa eta euria dira ugari. Orduan altxorra dira eguteran sentitutako eguzki-izpiak. Aurretik bizi izandako eguzki guztien laburpen bat dirudite, baina kiskalgarriak izan gabe; eta inor izerditan paratzeko bestekoak direnean ere, ez du inporta, jasangarriak dira, arratsaldean freskatu, eta gero hoztuko delakoa ziurra baita. Eta batek izpiak nahiko lituzke atxiki kutxatxo batean, banan-banan, komeni denean, gastatzen joateko.

Cava botiletako bat ireki nuen. Kopa bat zerbitzatu nuen. Logikoa zen. Gauzak ongi zeuden.

Zahartzeak gaur egun daukan gauzarik txarrena izaten da, hain justu, zahartzen ez dizutela uzten. Zahartzea debeku da, gustu txarreko bihurtu da. Lehen bat, 65 urte betetzen zituenean, jubilatzen zen, eta mundu guztiak ontzat jotzen zuen delako horrek egin beharrekoak egin zituen ideia, atseden hartzera erretira zitekeela. Jubilatuari, erretiratuari, baimena ematen zitzaion nahi zuenean ohera joateko azalpenik eman beharrik gabe; ez zuen itxuraz gazte eta lerden egoteko obligaziorik; ez zuen gizarte-bizitza apartekorik egin behar, gogorik ez bazuen; barkatzen zitzaion, pisua garraiatu edo beste edozein lan fisiko egin behar zenean. Orain ez da horrela, eta ez bakarrik lan-erreformaren erruz. Orain 70 edo 75eko morroi baten ohiko proiektua Himalaiako mendiak igotzea da, amona bizikletaz doa Mongolia zeharkatzera, eta jada ezin duzu esan nekatuta zaudela, ezin duzula hau edo bestea egin; berehala aterako dizute atso eta agure izan nahi ez duten atso eta agure horien guztien adibidea. Ezin ditut eskailerak igo. Ezin duzula igo? Zu bai eskasa! Ez duzu jakin 80 urteko langa pasatu duen gizon kuadrilla batek maratoia hiru ordu baino gutxiagoan egiteko asmoa daukala? Eta zuk eskailerarik igo ez? Sasoi onaren, gaztetasunaren eta osasunaren tiranian bizi gara, eta gaixotzen edo nekatzen garen zaharrok edo zahar-nahiok anormalak gara, bi aldiz oztopo, bi aldiz zokobetailu. Niretzat guztiz zahar eta baldartuta egoteko eskubidea nahi dut. Ez garaiz baino lehen, hala ere.

Beharbada ez da zahartu nahi ez duten zaharren errua; zaharren gizarte batean bizitzearen ondorioa besterik ez da. Nor zen «inor ez da zaharra, nahi ez badu» idatzi zuena? Ronsard? Berarentzat errazagoa izango zen esatea, 61 urterekin hil zen-eta...

Beste kopa bat zerbitzatu nuen. Udazkeneko eguzkiaren izpiak ontzietan gordetzerik balego, agian

Agustí Torello Mata Gran Reserva Barrica horretatik ateratzen zirenak bezalakoak izango lirateke. Ez zen ideia txarra, iragarki edo iragarki baten leloa egiteko, errazaren errazez dagoeneko inork erabilia ez bada. Floriri esango nioke hurrengoan, enpresaren bateko «sortzaileari» eman, edo saldu nahi ote liokeen.

Oscar Wildek, aldiz, arroza pasatzearen ikuspegi askoz errealistagoa eman zigun: «Gizon gazteek leial izan nahi dute eta ez dute lortzen; zaharrek, aldiz, desleial izan nahi dute, eta haiek ere ez dute lortzen». Bi leialtasun-gradu horien artean zegokeen, ausaz, Ian Andersonen *To old to rock'n'roll too young to die* ezagun samarra.

Behin gonbidatu nuen neska bat astebete pasatzera hotel erromantiko horietako batera. Toki ederra zen, herrixka apartatu eta lasai batean zegoen, kostatik oso gertu, Cadiz aldean. Hotela lehen *cortijo* zahar bat izandakoa zen, gustu onez eraberritu eta moldatua, ezeren faltarik gabe. Diseinua, zura eta harri zaharra uztartzen zituen gela batzuk zeuzkan. Sei edo zazpi, hala ere, gehiago ez. Lehen bi egunak ongi joan ziren, giro lasai, isil eta dotore horretan, non detaile bakoitza aldez aurretik mimoz pentsatuta baitzegoen, hotelaren jabearen atentzio diskretu baina etengabea lagun. Gonbidatu nuen neska Delmira zen. Hirugarren egunean zerbitzukoen mirabetza lagunkoia enpagugarria egin zitzaion; laugarrenean uste zuen jabearen modu arretatsuen atzean espioi bat ezkutatzen zela; bosgarrenean apenas ikusten genituen gainerako bezeroek, gehienak klase ertain-altuko bikoteek, bizkar gainean begiratzen ziotelako susmoa egin zitzaion. Seigarrenean joan egin ginen, erreserbatuta eta ordainduta geneukan astebetea bukatu baino lehen. Delmira dibortziatua zen eta alaba bat zeukan. Neska ona zen, jatorra. Ez zen giro hartan laketzen. Arrazoia ez zen dirua. Kontua zen, nire ustez, Delmirak ez zuela inoiz pentsatu hainbeste atentzio merezi zuenik, ez berak eta ez beste inork, agian. Baina egunerokotasunik gabeko amodioak, plazera baizik kontuan hartzen ez dutenak, amodio desesperatu bilakatu ohi dira, gauza jakina da; teilatupe komunik gabeko besarkada klandestinoen errepikapenak erromantizismoak oro higatzen ditu, baita errotikoena ere, eta azkenean dena bihurtzen da erridikulu, doilor, lohi. Kontua zen, nahi zen zelofanarekin bilduta ere, Delmirak uste zuela, bere baitaren baitan, zantarkeria intrintsekoa zeriola gure artekoari. Literatura luzea dago, honi buruzkoa.

Ez da hala uste duen bakarra. Ordea, egunerokotasunaren miseriak elkarbanatzeak ere ez du ezer konpontzen. Teilatupe bereko bizikidetzak desioa higatzen du, lehen; eta bestea ezagutzearen bidez bakardadea gaindi daitekeelako ameskeria –desio-galtzearen zoritxarraren aurka moralistek, optimistek eta mota guztietako ukendu-saltzaileek saldu ohi duten leungarri boteretsuena–, zapuzten du, gero, norberak bestea ezagutzea guztiz ezinezkoa dela etsitzen duenean.

Desioaren mendeko, moral kristauak suz tinkatutako erruaren sentimenduari uko egiteko ezindu, bakardadean preso, lilurak orotatik desengainatua... eta hala ere, eguzki-izpi bat kutxatxo batean gorde ahal izateko ilusioari eusteko beti gertu, orenak, gupidagabe, jo eta jo ari diren artean.

Horra giza kondizioa.

Beste kopa bat zerbitzatu nuen.

Florik behintzat cava frigorifikoan sartzeko detailea eduki zuen.

Gero, metro bat hartuta, komunean sartu eta neurriak hartzen hasi nintzen, nire apalategia ipintzeko.

## **AMAIUR** BILDUMA

*Egun bat nire bizitzan.* Bobby Sands.
*Nafarroako azken mariskala.* Patxi Zabaleta.
*Fusilak pizten dituen sua.* Felix Guerra eta Froilan Escobar.
*Ni naizen hori.* Karlos Gorrindo.
*Adlotse.* Jokin Urain.
*Ilargia lagun beti hegoalderantz.* Fernando Presa, *Nandus.*
*Uhaldean.* Françoise Xenakis.
*Negarrik ez, haurra.* Ngugi wa Thiong'o.
*Ukoreka.* Patxi Zabaleta.
*Iheskaria.* Pramoedya Ananta Toer.
*Nerea eta biok.* Laura Mintegi.
*Euskal herria helburu.* Jose Luis Alvarez Enparantza, *Txillardegi.*
*Kalea.* Gerry Adams.
*Gerraren antzea.* Sun Tzu.
*Badena dena da.* Patxi Zabaleta.
*Laudanoa eta sutautsa.* Edorta Jimenez.
*Besteen ametsak.* John Irving.
*Soweton kondatuak.* Ellen Kuzwayo.
*Arian ari.* Patxi Zabaleta.
*Arragoa.* Jon Urrujulegi.
*Baleen berbaroa.* Edorta Jimenez.
*Labur aroz.* Joxe Austin Arrieta.
*Hitzen ondoeza.* Joseba Sarrionandia.
*Herioaren itzalpeetan.* Andolin Eguzkitza.
*Errolanen harria.* Patxi Zabaleta.
*Etorrerakoak.* Patziku Perurena.
*Txirringaren aienean.* Amaia Elosegi eta Esther Mugertza
*Zanpa ezak sugea.* Yasar Kemal.
*Borrokaren gorrian.* Joxe Iriarte, *Bikila.*
*Whiskey koloreko gauak.* Paddy Rekalde.
*Venezuela, iraultza isilaren hitzak.* Pako Aristi.
*Gutiziak.* Zenbait egile.
*Sisifo maite minez.* Laura Mintegi.
*Europako mugetan barrena.* Edorta Jimenez.
*Alkimista.* Paulo Coelho.
*Iraganean galdua.* Abelin Linazisoro.
*Pulp.* Charles Bukowski.
*Iraultzen maratoia.* Joxe Iriarte, *Bikila.*
*Rebel Mayo Colorao.* Paddy Rekalde.

*Napumoceno da Silva Araujo jaunaren testamentua.* Germano Almeida.
*Katearen begiak.* Iñaki Petxarroman.
*Ugerra eta kedarra.* Sonia Gonzalez.
*Helloak Txinan.* Jon Abril.
*Kolosala izango da.* Joseba Sarrionandia.
*Orain galdera berriak ditut.* Lander Garro.
*Itoitz. Porlanezko gezurra.* Edurne Elizondo.
*Sukar ustelaren urtea.* Edorta Jimenez.
*Bizi behar dugu.* Xanti Zapirain, *Kaiku.*
*Riomundo.* Jon Maia Soria.
*Ecce homo.* Laura Mintegi.
*Mila eta bat gauen gauak.* Nagib Mahfuz.
*Kristalezko hiria.* Paul Auster.
*Beste eguzkia.* Itziar Madina.
*1984.* George Orwell.
*Eskuetan mapak.* Asier Serrano.
*Azeria eta Lehoia.* Edorta Jimenez.
*Terra Sigillata.* Joxe Austin Arrieta.
*Abaraska.* Asel Luzarraga.
*Intimitatea.* Hanif Kureishi.
*Zure arimaren truke.* Fernando Morillo.
*Larrua hotz.* Albert Sanchez Piñol.
*Erlojugilea.* Asier Serrano.
*Lagun armatua.* Raul Zelik.
*Bilbo Samurai.* Fernando Morillo.
*Herioa eta dontzeila.* Ariel Dorfman.
*Fahrenheit 451.* Ray Bradbury.
*Atsekabe zaitut.* Irati Jimenez.
*Joan.* Patxi Zubizarreta.
*Utopiaren itzalak.* Asel Luzarraga.
*Bränskint.* Goizalde Landabaso.
*Limoi bat imintziorik egin gabe jaten baduzu.* Sergi Pamies.
*Gezurra odoletan.* Asel Luzarraga.
*Emakume bat.* Annie Ernaux.
*Sacamantecas nuen aita.* Aitor Arana.
*Made in Galiza.* Sechu Sende.
*Hura ez da lekua.* O. Guillan, A. Sarasola, I. Beratarbide, A.Fernandez.
*Zintzoen saldoan.* Jon Alonso.

Liburu hau,
ZINTZOEN SALDOAN
2012ko San Martin egunean, oraindik ere egin berria zen
txarribodaren hotsak airean zeudela,
amaitu zuten, konposatzen eta maketatzen
Bilboko MONTI DISEINU GRAFIKOA atelierrean
eta horretarako Chris Burkek 1990ean
digitalki sortutako CELESTE familia tipografikoa erabili zuten.

Aurkeztu dizugun liburuaren eduki, itxura edo inprimaketari
burukzo iritzia guri helarazi nahi izanez gero,
bidal iezaguzu. Zinez eskertuko dizugu.

TXALAPARTA ARGITALETXEA E.M.L.
San Isidro 35-1A
78. Posta-kutxa
31300 TAFALLA
Nafarroa
Tel. 948 703934
Faxa 948 704072
txalaparta@txalaparta.com
www.txalaparta.com